edition suhrkamp 2306

Ein erfolgreicher Buchhändler beschließt, sein Leben zu ändern: Er verlässt Frau und Tochter und sagt sich von der Liebe los. Doch etwas treibt ihn zurück. Er verspürt keinen Hass, nur Ekel und vollkommene Leidenschaftslosigkeit. Alles drängt zu einer Entscheidung. Endlich glaubt er einen Weg gefunden zu haben, seine Frau hinter sich zu lassen.

»Ich verblieb mir selbst, als ein unheilvoller Ort, an dem ich nicht sein und von dem ich nicht fliehen konnte«, heißt es bei Augustinus über jenen Überdruss, der schließlich zu einer Gefahr auch für andere wird. Mit präziser Kühle beschreibt Lukas Bärfuss in seiner fesselnden Novelle, wie der Entschluss, um der eigenen Freiheit willen seiner Liebe zu entsagen, ins Verhängnis führt.

Lukas Bärfuss, geb. 1971, lebt in Zürich. Seine Stücke werden auf den großen Bühnen in Deutschland und der Schweiz aufgeführt; das vorliegende Buch ist sein Prosadebüt.

Foto: Felix von Muralt / Lookat

Lukas Bärfuss

Die toten Männer

Novelle

Suhrkamp

8. Auflage 2019

Erste Auflage 2002
edition suhrkamp 2306

Originalausgabe

Satz: Jung Crossmedia, Lahnau
Druck: Druckhaus Nomos, Sinzheim
Umschlag gestaltet nach einem Konzept
von Willy Fleckhaus: Rolf Staudt
Printed in Germany
ISBN 978-3-518-12306-5

Die toten Männer

Für Kaa

»Wie schwarze Ochsen ziehn die Jahre hin ...«

W. B. Yeats

Früher als üblich, noch vor Ladenschluss, verließ ich die Buchhandlung. Frau Weber trug ich auf, dafür zu sorgen, dass jemand mit dem Tier nach draußen geht. Ich sei pünktlich zur Veranstaltung zurück. An Frau Webers Antwort erinnere ich mich nicht genau. Vermutlich war sie verunsichert, weil ich mich bereits um diese Zeit verabschiedete, ich weiß es nicht.

Leere Bücherkisten standen im Erdgeschoss. Auf einen Karton schrieb ich, man solle bitte Ordnung halten, und ich dachte daran, meinen Namen darunter zu setzen, aber aus irgendeinem Grund ließ ich es bleiben und trat durch den Flur nach draußen.

Es war hell wie am Mittag und ebenso warm. Gegenüber, auf dem Gehsteig, bauten Marktfahrer ihre Stände ab. Der Verkehr floss zäh.

Ich ging unter den Arkaden bis an den Fluss hinunter. Er war mir unheimlich, er führte viel Wasser aus den Bergen und war grün und trübe.

Ich strich am Ufer entlang. Unter den Eschen und den Weiden ging ich, wo es kühl und angenehm war. An der Böschung wuchsen Blumen; ich traf keinen Menschen, sah nur die Schatten der Bäume, die auf den Weg und das Wasser fielen, begrenzt vom Licht der Sonne. Ich ging weiter, und nachdem ich den Holzsteg überquerte hatte, stieg ich auf der anderen Seite des Flusses durch die Allee bis zur Kapelle hinauf. Ich kannte den Weg, ich beschreite ihn alle Tage, nur hatte ich heute den Hund nicht dabei.

Bei der Kirche setzte ich mich auf die Friedhofsmauer und ließ den Blick über unsere Stadt schweifen. Die Berge waren nicht zu erkennen, ein dunstiges, diesiges Grau hatte sich vor den Horizont gehängt. Es war schwül, seit Tagen erhoffte man sich ein Gewitter.

So saß ich eine Weile, und als ich genug gesehen hatte, ging ich denselben Weg zurück, müder als vorhin. Das Licht schwand, der Abend kam. Ich hatte Hunger und begab mich, wie jeden Freitag, in das alte Schifferviertel. Im Restaurant *Zur Krone* empfahl der Kellner hiesige Forellen. Er behauptete, die Fische würden aus dem Fang von heute früh stammen, und ich bin sicher, dass es die Wahrheit und der Fisch also frisch war, aber ich musste an die Undurchsichtigkeit des Flusswassers denken, an das trübe, eisige Grün, und deshalb bestellte ich Kalbsleber mit Zwiebeln und Spinat.

Bis das Essen serviert wurde, las ich in der Zeitung einen Bericht über den andauernden Krieg. Der Artikel war in einem feinen Stil verfasst. Er handelte von Verbrechen an der Zivilbevölkerung, von unschuldigen Menschen, die mit der ganzen Sache nichts zu tun hatten und denen trotzdem schreckliches Leid zugefügt wurde. Ich dachte: Diesen Artikel studierst du besser erst nach dem Essen, aber als der Kellner endlich kam, hatte ich ihn gleichwohl zu Ende gelesen.

An der Speise war nichts auszusetzen. Sie war wie die meisten Dinge in unserer Stadt, tadellos und ohne Makel. Daran bestand kein Zweifel. Doch widerte mich der Geruch des gekochten Fleisches an, und mehr noch die Ordnung auf dem Teller, das heißt, wie die Leber um die Kartoffeln lag. Ich habe diese Speise bestimmt schon hundert Mal gegessen, sie war wie immer, ich bin mir dessen sicher, aber heute Abend widerstrebte sie mir. Ich dachte: Auch wenn du dies jetzt aufisst, wirst du morgen früh wieder essen müssen und morgen Mittag und am Abend auch wieder. Das wird kein Ende nehmen. Ich dachte auch: Dieses Essen beschmutzt dich, dieses Essen macht dich schwach. Natürlich war das barer Unsinn, das Gegenteil war der Fall, das Essen hätte mich gestärkt, aber ich dachte es eben trotzdem.

Eine Zeit lang saß ich vor dem Teller, ohne etwas anzurühren. Dann rief ich den Kellner. Ich bat, er möge abräumen und einen Tomatensaft bringen. Der Mann servierte das Getränk, ich verdünnte den Saft zur Hälfte mit Wasser, aber er schmeckte nicht. Ich hätte ihn am liebsten stehen gelassen, ich trank ihn lediglich aus Anstand.

Da ich nichts zu tun und keine Lust hatte, in die Buchhandlung zurückzukehren, wo die Vorbereitungen für die Veranstaltung im Gange sein mussten, blieb ich bis um Viertel vor acht sitzen und tat nichts. Ich beobachtete bloß den Kellner, wie er die Gläser polierte, Tische aufdeckte und sich mit dem Koch unterhielt. Als sich das Lokal mehr und mehr füllte, bezahlte ich und machte mich auf den Weg zurück in die Buchhandlung.

Unterwegs geschah etwas Merkwürdiges. Ich hatte das Schifferviertel verlassen und befand mich wieder in der alten Stadt, als ich in der Straße, in der mein Geschäft liegt, auf der Höhe des Blumenladens, Sonjas Gestalt erkannte. Sie und Danielle wollten die Veranstaltung besuchen, dies wusste ich, trotzdem war ich erstaunt, sie hier anzutreffen. Ich erschrak, obwohl ich sie genau genommen nicht gesehen hatte, das heißt, nichts von Sonjas Gesicht oder Körper. Auch ihre Stimme hatte ich nicht gehört, nichts von ihr selbst; ich hatte Sonja erkannt, wie ein Vater seine Tochter eben erkennt.

Weshalb, weiß ich nicht, aber ich wollte in diesem Augenblick von Sonja nicht gesehen werden. Von einer Sekunde auf die andere sprang ich deshalb hinter eine der Säulen der Arkaden. Die Läden hatten längst geschlossen, kein Mensch war auf der Straße, gleichwohl achtete ich darauf, mich möglichst unauffällig ans Mauerwerk zu drücken. Ich wollte keinen Argwohn erregen.

Auf der anderen Seite der Säule, in den Durchgängen der Arkaden, hingen die Anzeigen der städtischen Kinos. Ich fürchtete, entdeckt zu werden, denn vielleicht wollte sich Sonja, während sie auf ihre Mutter wartete, die Plakate ansehen.

Ich blieb ruhig und versuchte meinen Atem flach zu halten. Tatsächlich vernahm ich darauf Schritte, die ich zu kennen glaubte. Auf der anderen Seite der Säule blieben sie stehen. Ich lauschte, hörte ein Geräusch, scharrend, als würde jemand mit den Schuhen Staub zusammenwischen. Es blieb einen Augenblick still, dann vernahm ich das Geräusch erneut, näher als zuvor. Ich zitterte. Ich atmete nicht, und schließlich, nach einer Ewigkeit, wie mir schien, scharrten die Schuhe ein letztes Mal und die Schritte entfernten sich.

Ich wartete eine Weile, versicherte mich, dass niemand zu sehen war, erst dann trat ich hinter der Säule hervor und machte mich auf den Rückweg zur Buchhandlung.

In den Straßen war es nach Feierabend still. Männer vom städtischen Dienst kehrten mit langen Besen den Schmutz zusammen und leerten die Abfalleimer. Ein Blumenmädchen goss Wasser aus. In Schaufenstern brannte die Nachtbeleuchtung.

Vor der Buchhandlung drängte sich eine Gruppe von dreißig Leuten. Sie standen bis an den Rand des Gehsteiges. Ich wusste zunächst nicht, weshalb, dann erinnerte ich mich an die Veranstaltung, die in wenigen Minuten beginnen sollte. Ich hatte keine Lust, mich in den Laden zu drängen und stellte mich hinter die Leute.

Vorne, am Eingang, stand Frau Weber und verkaufte Eintrittskarten. Sie war aufgeregt, was ungewöhnlich war, Frau Weber lässt sich selten aus der Ruhe bringen. Ein Mann, der einen weißen Strohhut trug und den ich vom Sehen kannte, stand neben ihr. Augenscheinlich war er verärgert. Er redete auf Frau Weber ein, doch ich stand zu weit weg und konnte seine Worte nicht verstehen, aber als ich die Leute hinter dem Mann genauer ansah, erkannte ich, dass auch sie verärgert waren, und die Leute hinter ihnen nicht weniger, und die dahinter ebenso, und so weiter, bis zu jenen, die unmittelbar vor mir standen. Die ganze Menge war in Aufregung.

Ich hörte verschiedene Stimmen.

Die sollen sich nicht so anstellen, tönte eine ältere männliche Stimme, die werden bestimmt noch Stühle finden!

Eine andere, weibliche Stimme sagte gehässig: Der gute Mann prahlt in den Inseraten damit, seine Buchhandlung sei die größte im ganzen Land. Da wird er für uns alte Leutchen sicher ein Plätzchen finden! Darauf folgte zustimmendes Geraune, und dann sagte jemand Drittes: Wir lassen uns nicht nach Hause schicken! Wir wollen sie sehen! Jawohl, tönte jemand, wir wollen sie hören! Lasst uns rein, schrie ein anderer, andere stimmten ein, bis die Leute schließlich wie im Chor schrien: Lasst uns rein! Lasst uns rein!

Mir war nicht wohl in meiner Haut. Ich fürchtete mich. Die Stimmung war aufgeheizt und gefährlich. Ich wäre am liebsten weggegangen. Leider traf mich in diesem Moment Frau Webers Blick.

Sie winkte und bedeutete mir, dass sie Hilfe benötigte. Ich ließ mir nichts anmerken, wandte den Blick ab und betrachtete wie unbeteiligt die Auslage im Schaufenster.

Nichts geschah. Ich hoffte, die Sache sei ausgestanden, die Gefahr vorbei, da rief mich Frau Weber laut bei meinem Namen.

Die Leute hatten mich bis jetzt nicht erkannt, nun schauten alle in meine Richtung. Dreißig Augenpaare waren auf mich gerichtet.

Ich ging auf die Menge zu. Ein junger Mann mit einem einfältigen Gesicht trat zur Seite, ein anderer blieb stehen. Die meisten taten es ihm gleich. Sie ließen mich kaum vorbei. Ich sah, es waren gewöhnliche Leute aus unserer kleinen Stadt, die ihren Freitagabend mit einer musikalischen Veranstaltung verbringen wollten. Es war unsinnig, aber ich fürchtete mich vor ihnen. Ich spürte die Wärme ihrer Körper, roch den Schweiß der Herren und das Parfum der Damen, und ich bin sicher, die Leute spürten meine Angst und hassten mich dafür. Ich schritt voran, zögerlich öffnete man mir eine Gasse. Meine Hände waren kalt, und obgleich ich Hemd und lange Hose trug und darauf achtete, es zu vermeiden, berührte ich einige Male die Haut eines anderen Menschen. Die meisten trugen Arme und Beine nackt, wie also hätte ich ihnen entgehen können?

Ich erreichte den Eingang, stieg die drei Stufen zu Frau Weber hoch. Sie gibt viel auf ihr Äußeres. Trotzdem hat sie nie einen Mann gefunden, was der Buchhandlung viele Vorteile gebracht hat, mir und meiner Person aber immer wieder lästig wird. An diesem Abend aber war ihr Gesicht gerötet und die Bluse zerknittert. Sie nahm mich beim Ärmel.

Ich kann diese Leute unmöglich in den Laden lassen, sagte sie mir ins Ohr. Wir sind ausverkauft, bis auf den letzten Platz.

Frau Weber atmete schwer und schwieg.

Was sollen wir denn mit den Leuten machen? fragte ich und zeigte auf die Menge. Die lassen sich nicht nach Hause schicken. Darauf erhielt ich keine Antwort. Frau Weber sagte bloß, wer so auf die Sängerin versessen sei, müsse sich eben beizeiten eine Karte besorgen.

Da schwieg ich, denn ich wusste nichts zu sagen. Der Mann mit dem Strohhut schwieg ebenfalls. Schließlich schwieg auch Frau Weber, und so sprach also keiner mehr. Mir selbst machte dieses Schweigen nichts aus, im Gegenteil, doch plötzlich begriff ich, dass Frau Weber, der Mann mit dem Strohhut und alle anderen Leute vor dem Eingang auf eine Entscheidung warteten, und sie erwarteten diese Entscheidung von mir. Deshalb schwiegen sie. Deshalb starrten sie mich an.

Ich fand das unverschämt. Natürlich war ich der Inhaber dieser Buchhandlung, in gewissem Sinne also der Gastgeber, aber was hatte ich sonst mit diesen Leuten zu schaffen? Den einen mit dem albernen Strohhut hätte ich einlassen mögen. Schließlich kannte ich ihn, wenn auch nur vom Sehen. Aber die anderen? Mit ihnen wollte ich nichts zu tun haben. Weshalb die Leute unbedingt in meinen Laden wollten, verstand ich nicht, und Frau Weber hatte Recht. Wenn ihnen die Dame so wichtig war, hätten sie sich früher eine Karte besorgen müssen. Und sie hatten immer noch die Möglichkeit, zur nächsten Veranstaltung nachzureisen. Die Leute hatten keine Manieren, aber an Geld fehlte es ihnen nicht. Ich sah es ihrer Erscheinung an; sie konnten den Freitagabend auch anderswo verbringen.

Ich werde es ihnen sagen, flüsterte ich Frau Weber zu, ich werde die Leute wegschicken. Sie nickte aufmunternd. Ich stand am Rand der Treppe, sämtliche Augen waren auf mich gerichtet. Ich sah die glänzenden Gesichter, ich fühlte die dummen Blicke auf mir, ich hob an, und was ich sagen wollte, dass sie sich gefälligst zerstreuen sollen, ausverkauft sei ausverkauft, sie hätten es gehört, schließlich gebe es die Auflagen der Feuerpolizei – dies alles blieb mir im Hals stekken. Ich getraute mich nicht. Ich hatte Angst, ich fürchtete mich vor diesen Leuten. Die Gefährlichkeit war ihnen anzusehen, sie rochen danach. Niemals würden sie sich nach Hause schicken lassen.

Ich dachte: Besser, wir lassen alle in den Laden. Sie werden sonst jemandem, der mit der ganzen Sache nichts zu tun hat, irgendein Leid antun.

Deshalb gab ich bekannt, dass die Sitzplätze leider ausverkauft seien, aber wem es nichts ausmache, der dürfe sich gegen ermäßigten Eintritt hinten in den Saal stellen.

Ein Raunen ging durch die Menge. Jemand rief Bravo, Herren klatschten in die Hände, und der Mann, der auf Frau Weber eingeredet hatte, schlug mir freundschaftlich auf die Schulter und betrat den Laden. Frau Weber schaute ich nicht an.

Ich ließ mich von den Leuten in den Laden schieben. Man hatte die Verkaufsregale an die Wand gefahren, mit Tüchern abgedeckt und an ihrer Stelle Stühle aufgestellt. Die meisten Leute hüteten ihre Plätze. Andere hatten die Jacken über die Lehne gelegt, plauderten stehend und betrachteten mit verärgerten Gesichtern, wie hinter mir die Menge in den Laden drängte.

Als ich mich auf einen freien Platz setzen wollte, trat ein Mann mit einer getupften Krawatte auf mich zu. Ich kannte ihn nicht. Er begrüßte mich mit einem Händedruck und bedankte sich dafür, dass diese Buchhandlung solche Gesangsabende durchführe. Die Konzertgesellschaft sei dazu ja nicht in der Lage, meinte er bitter, und er sei froh, dass wenigstens einer das Format habe, internationale Größen in unsere Stadt zu bringen. Dann sah ich sie.

Sie stand bei Sonja an der Hauptkasse und schaute sich die Leute an. Sie war wundervoll. Das lange Plissee-Kleid, das sie trug, hatte ich nie an ihr gesehen, und ihr langes Haar lag offen auf der freien Schulter. Danielles Schönheit überstrahlte alles. Eine Ewigkeit schaute ich sie an. Sie drehte den Kopf nicht in meine Richtung, aber ich hatte das Gefühl, dass sie meine Gegenwart spürte. Ich wandte meinen Blick ab.

Der Mann mit der getupften Krawatte stand immer noch da.

Ich dachte: Hat sie sich für diesen nichtigen Anlass so schön gemacht? Wahrscheinlich hat sie hinterher eine Verabredung.

Der Mann fragte: Kennen Sie die Künstlerin persönlich?

Ich entschuldigte mich, ließ den Mann stehen und ging durch das Gedränge zur Hauptkasse.

Als Danielle mich erkannte, lächelte sie und schob Sonja zwischen uns.

Ich küsste Sonja auf die Stirn. Meine Tochter schien direkt vom Baden zu kommen. Ihre blonden Haare waren ungekämmt. Sie trug ein helles Strandkleid ohne Strümpfe. Die Schnürsandalen hatte sie schon im vorvorigen Sommer getragen. Da war sie noch ein Kind gewesen; jetzt war sie beinahe eine Frau.

Ich dachte zwar: Sonja sollte sich besser um ihre Garderobe kümmern. Du solltest sie ermahnen; aber ich sagte nichts. Der Zeitpunkt war ungünstig, Danielle stand daneben. Ich konnte nicht ausrechnen, wie sie reagiert hätte.

Nun näherte sie sich mir, Sonja trat zur Seite, und dann stand niemand mehr zwischen Danielle und mir.

Ich wusste nicht, was ich tun sollte.

Ich hatte das Gefühl, dass uns der ganze Saal zuschaute.

Aus alter Gewohnheit berührte ich sie an der Hüfte. Weich drückte sich Danielle an mich, streckte ihren Hals und küsste mich auf die Wange.

Dann roch ich ihr Parfum, ich ließ sie los, und das bekannte Gefühl stellte sich ein.

Ach, Danielle gefällt mir sehr, ich fürchte, ich habe sie nie schöner gefunden, nicht einmal damals, als ich gerade die Buchhandlung übernommen hatte und wir uns kennen lernten. Da war sie so alt, wie Sonja jetzt ist, keine zwanzig. Ich liebte ihr feines Gesicht, die dunklen, hochmütigen Augen und ihr schweres Haar, das mir französisch erschien und mich glücklich machte. Ich war der glücklichste Mann, und ich blieb es all die Jahre hindurch. In allem, was sie tut, findet sich Eleganz und Anmut. Sie ist den Dingen des Lebens gegenüber offen; selbst den Schrecken, träte er denn in ihr Leben, nähme sie gelassen als Teil ihres Daseins. Sie leidet manchmal, an einer Ungerechtigkeit etwa oder aus Mitgefühl für einen Kranken, doch niemals gefällt sich Danielle in diesem Leiden. Diese Eigenschaften, sosehr ich sie früher dafür begehrte, widern mich heute an, und zwar körperlich, es wird mir übel. Ich weiß nicht, woran es liegt. Ich vermute hinter Danielles Wahrhaftigkeit eine Lüge, und was wir früher füreinander zu empfinden vorgaben, erscheint mir heute bloß als Heuchelei. Danielles Liebe zu mir, deren Größe sie so gerne und oft behauptete, dass sie in der Stadt sprichwörtlich wurde, empfinde ich heute als billige Attitüde.

Ich ließ Danielle los, und da, mitten unter den Leuten, in der Aufregung vor dem Beginn der Veranstaltung, in diesem Gewimmel und Gemurmel, da machte sich in mir ein Gefühl breit, etwas wie Glück, eine Euphorie beinahe, ich dachte: Ich liebe Danielle nicht mehr, wie gut, dass ich sie verlassen habe!

Allerdings fühlte ich mich im selben Augenblick schuldig, nicht vor Danielle, sondern vor Sonja, wegen der Sache von vorhin, mit der Säule.

Ich hatte die törichte Idee, ich könnte die Angelegenheit ungeschehen machen, gewissermaßen nachträglich hinter der Säule hervortreten und mich erkennen zu geben.

Ich wollte Sonja sagen, dass ich mich vor ihr versteckt hatte.

Ich habe mir gedacht, begann ich, wir könnten wieder einmal ins Kino gehen.

Sonjas Blick wurde misstrauisch.

Ins Kino? wiederholte sie. Ich nickte.

Wir waren noch nie zusammen im Kino, sagte sie und wandte sich an ihre Mutter. Danielle schwieg. Und was möchtest du sehen? fragte Sonja.

Ich weiß nicht, sagte ich. Ich dachte, du hättest vielleicht eine Idee.

Sonja sagte: Ich habe keine Ahnung, was im Kino läuft, und wandte mir das braun gebrannte Gesicht zu. Jeder einzelne Tag dieses langen, heißen Sommers war darin zu sehen, aber keine Scham über ihre gemeine Lüge.

Sie war bei den Kinoplakaten gewesen!

Weshalb log sie mich an?

Sie ist wohl immer noch verärgert, weil ich Danielle verlassen habe.

Es ist seltsam, dass sie in ihrem Alter so sehr an der Familie hängt.

Wir sollen alle gemeinsam in unser Sommerhaus fahren, in die Casa Fiori, wie all die Jahre zuvor. Das hat sich Sonja zum achtzehnten Geburtstag gewünscht. Sie will ihren Freund mitbringen. Ich kenne ihn nicht. Meine Tochter beschäftigt ständig einen neuen Freund. Sie langweilt sich schnell mit ihnen, was ihr gutes Recht ist, ich sehe nur nicht ein, weshalb ich mit einem Burschen in die Ferien fahren soll, der ohnehin keine Rolle spielen wird, nicht in meinem Leben, nicht in ihrem. Zudem ist es keine gute Idee, nach dieser kurzen Zeit, seit ich mich für ein neues Leben entschieden habe, mit Danielle zu verreisen. Ich will nicht in ihrer Nähe sein. Ihre Gegenwart ist mir unangenehm und gefährlich. Es ist schnell geschehen, man passt nicht auf, und schon verheddert man sich erneut im Gestrüpp der Abhängigkeiten, aus dem man sich eben mit Mühe befreit hat. Man muss sich entscheiden. Entweder Freiheit oder Liebe, und ich habe mich entschieden, künftig ohne die Liebe auszukommen.

Leider habe ich mich bereits überreden lassen. Wie so oft, war ich auch diesmal zu schwach. Ein Rückzug wird nicht möglich sein, ich muss übermorgen mit Danielle, Sonja und ihrem Freund in die Ferien fahren. Und ich hoffe nur, ich bin wachsam genug.

Jetzt standen wir betreten an der Hauptkasse. Aus lauter Höflichkeit fragte ich Danielle, wie es ihrem Geschäft gehe. Sie hat sich mit meinem Geld eine Kunsthandlung gekauft, unten am Fluss, in einem alten Fischereilokal, eine defizitäre Liebhaberei, um sich die Langeweile zu vertreiben.

Es gehe gut, sagte Danielle, allerdings habe sie mich bei der letzten Vernissage vermisst. Ich hätte mein Erscheinen versprochen. Ich wusste nicht, was ich antworten sollte, und zum Glück schlug in dieser Sekunde die Glocke, die Vorstellung konnte beginnen. Ein unglaubliches Gedränge entstand, die Leute kämpften um die Plätze, und ich hoffte, ich würde dadurch von Danielle und Sonja getrennt und könnte mich unauffällig entfernen.

Leider ergatterte Danielle drei freie Stühle, und ich konnte nicht anders und musste mich zu ihnen setzen.

Die Leute, die durch die Reihe vor uns gingen, lächelten uns zu. Ich selbst ließ mir nichts anmerken, aber ich spürte, dass Danielle zurücklächelte. Auch Frau Weber schien sich zu freuen, uns drei vereint nebeneinander sitzen zu sehen.

Das Licht im Saal ging aus und gleich wieder an. Darauf betrat eine Frau unter Applaus die Bühne. Sie verbeugte sich leicht, nickte eigentlich nur mit dem Kopf, und setzte sich an das runde Tischchen. Die Frau begann aus ihren jüngst erschienenen, höchst erfolgreichen Memoiren zu lesen. Es handelte sich um Episoden aus ihrem bewegten Leben als Operettensängerin, das sie um die ganze Welt geführt hatte. Das Publikum spitzte immer dann die Ohren, wenn die Dame Pikanterien zum Besten gab. Meistens ging es darum, dass eine ihr bekannte öffentliche Größe, ein Sänger an der Staatsoper oder ein erster Geiger der Philharmonie, bei der Ausübung eines abartigen Lasters entdeckt wurde, und darum, was diese Persönlichkeit anschließend unternahm, um die Peinlichkeit zu vertuschen. Die Sängerin begnügte sich dabei nicht mit Andeutungen, sondern beleuchtete sorgfältig alle Einzelheiten, sehr zur Freude des Publikums.

Schließlich stand die Frau von ihrem Stuhl auf und trat an die Rampe. Ein Raunen ging durch den Saal, und mit einer zersungenen Stimme gab sie die Lieder zum Besten, mit denen sie berühmt geworden ist und die zu hören das Publikum gekommen war.

Von den Vorzügen jugendlicher Liebhaber sang sie und davon, was sie mit den Kerlen anzustellen gedachte, wenn sie in ihren Qualitäten, in deren Genuss zu kommen sie im Refrain behauptete ein Recht zu haben, nachlassen sollten. Die Sängerin, selbst weit über siebzig, deutete einen Hüftschwung an, und das Publikum amüsierte sich über alle Maßen. Die braven Damen aus den feinen Vierteln kicherten verstohlen, die zahlreich erschienenen Herren mit Oberlippenbart, weit weniger schamhaft, gackerten wie Gören und schlugen sich auf die Schenkel. Es kümmerte keinen, dass die Musik vom Band kam und aus den gewöhnlichsten Akkordeonmelodien bestand, die bemüht werden, wenn sehnsuchtsvolle Verruchtheit behauptet werden soll. Auch die Augusthitze, die schwer auf dem Saal lastete, machte niemandem etwas aus, auch nicht, dass die alte Frau auf dem Podest mit jedem Lied kurzatmiger wurde und oft aus dem Takt fiel. Die Schminke lief der Dame mit dem Schweiß aus dem Gesicht, und das grüne Abendkleid färbte sich dunkel und klebte mehr und mehr an ihrem alten Körper.

Es war erbärmlich, widerlich und entwürdigend, und die Leute im Saal fanden es ganz wunderbar. Auch Danielle und Sonja amüsierten sich. Danielle, als ich ihr nach einem Lacher verärgert meinen Kopf zuwandte, ließ sich dazu herab, mich flüsternd zu ermahnen, ich solle nicht so ein Gesicht machen, schließlich sei ich der Gastgeber.

Ich versuchte nicht hinzuhören, was mir eine Weile gelang, aber die Frau auf der Bühne bewies Ausdauer. Sie sang weiter, einen ganzen Augustabend lang, und erst nach der dritten Zugabe bedankte sie sich.

Nach einem letzten Applaus erhob sich das Publikum und scharte sich um die Sängerin, die eifrig ihre Memoiren signierte. Diesen Augenblick nutzte ich. Ich sagte Danielle und Sonja, ich würde gleich zurück sein, und ich log, weil sie mich nicht hätten gehen lassen. Ich verschwand hinter den Bücherregalen, und als Frau Weber einmal nicht hinsah, stieg ich in den Fahrstuhl und fuhr in den dritten Stock. Nirgends drehte ich Licht an, nur die Tür zu meinem Büro öffnete ich. Aus dem Dunkel tauchte der Hund auf. Er begrüßte mich, wie immer, mit stiller Freude.

Ich setzte mich in den Sessel und wartete.

Ich sah über die schwarzen Dächer unserer Stadt, sah der Leuchtreklame des Casinos zu, wie sie auf der anderen Seite des Flusses aus- und wieder anging. Alles war still. Der Mond war ein dünner, kalter Haken. Irgendwann hörte ich Frau Webers Schritte auf dem Flur, und irgendwann kam der Nachtwächter, rasselte mit seinen Schlüsseln und verschwand wieder.

Danach verließ ich das Büro.

Ich wollte endlich nach Hause.

Die Nacht war schön. Es gab Schatten auf der Straße, und auf den Bänken saßen Leute und unterhielten sich, als wäre es nicht diese späte Stunde.

Ich verspürte Lust, zu Fuß heimzukehren, doch hatte ich den Hund bei mir. Er würde den Heimweg zu seinem Spaziergang machen. Ein Mann, der seinen Hund ausführt, würde jemand denken, der uns begegnet wäre. Das wollte ich nicht, ich mochte dies dem Hund nicht gönnen.

Als ich beim Wagen war, sperrte ich das Tier in den Kofferraum und fuhr durch die gelb erleuchteten Straßen rasch nach Hause.

Im Briefkasten fand ich zwischen Rechnungen und allerhand Geschäftlichem auch eine Kunstkarte, die Ansicht einer sommerlichen Hafenstadt.

Danielle schrieb, sie habe gerade an mich gedacht und freue sich auf die gemeinsamen Ferien. Hinter ihre Worte hatte sie drei Pünktchen gesetzt und hinter die Pünktchen ein Ausrufezeichen. Ich zerriss die Karte und warf sie in den Müll.

Den Brief mit dem schwarzen Rand hätte ich beinahe übersehen. In italienischer Sprache setzte er über den Tod des Paolo Vitteli in Kenntnis, verstorben in seinem neunundvierzigsten Lebensjahr. Man bat darum, dem teuren Toten in seinem Hause in der Ortschaft S. bis zum nächsten Sonntag die letzte Ehre zu erweisen. Der Leichnam werde Montag, den 24. August, in den Geburtsort des Verstorbenen in Italien überführt und daselbst zur Ruhe gebettet.

Ich war über diese Nachricht nicht erstaunt. Sie erschütterte mich auch nicht, vielmehr fand ich den Brief in seiner schlichten Zurückhaltung höflich und angemessen, er fügte sich nahtlos ein in die gänzlich gewöhnlichen Ereignisse dieses Tages.

Ich habe in den letzten Monaten danach getrachtet, so viel Zeit wie möglich in meiner Wohnung zu verbringen. Es ist meine eigene Wohnung, ich habe sie, eine Woche nachdem ich aus dem Seegarten ausgezogen bin, überstürzt gekauft. Ich hatte das Hotelzimmer nicht ertragen, und Freunde, bei denen ich einige Tage hätte wohnen können, besitze ich nicht.

Ich habe zu viel bezahlt, der Makler hat meine Eile ausgenutzt, aber das spielt keine Rolle, denn die kleine Wohnung macht mich glücklich. Sie liegt etwas außerhalb, an der Straße, die in die Berge führt. Die Gegend ist beinahe ländlich, die Häuser stehen weit, da und dort wachsen Kirschbäume. Hier leben stille Leute, höhere Beamte und Freiberufler, Menschen, die es im Leben zu etwas gebracht haben, und die, so wie ich selbst, keinen Wert auf nachbarschaftlichen Umgang legen. Darunter sind viele Witwer. Manchmal sehe ich die alten Männer in ihren Gärten stehen und Blumenzwiebeln in die Erde drücken. Man erkennt, dass sie darin keine Übung haben, sie tun es nur, um sich die Zeit zu vertreiben. In der Art, wie sich diese Männer kleiden, übertrieben sorgfältig, als müssten sie den verstorbenen Gattinnen etwas beweisen, erkennt man ihren Verlust. Sie benehmen sich, als gingen ihre Frauen noch tadelnd neben ihnen her.

Im Seegarten hat sich Danielle sehr um unsere Nachbarn bemüht, was mir immer unangenehm war. Ich fand, die kleinen, unverlangten Dienste belasten das eigene Leben mit einer Schuld, die mit den Jahren größer und größer wird, deren genaue Höhe man jedoch niemals in Erfahrung bringen kann, ja, die Schuld wird ganz bestritten.

Dabei geht es nur darum, dass man nicht eines Tages mit der Brieftasche an ihre Tür kommen, den geschuldeten Betrag bis auf den letzten Heller begleichen und sich befreien kann. Von diesen Leuten kann man sich nicht befreien, außer, man ist kaltschnäuzig genug, trennt sich von allem, auch vom lieb Gewonnenen, und zieht weg, in eine andere Gegend.

Das Haus, in dem meine Wohnung liegt, ist ein Neubau. Ich bin der allererste Mieter. Ich mochte in kein Haus ziehen, wo die Nachbarn meinen Vormieter kannten. Sie hätten mich mit diesem Menschen verglichen, ich hätte mich benehmen müssen, wie man es von mir erwartet hätte.

Hier hingegen riecht alles nach dem Neuen. In der Zufahrt wächst der Rasen erst spärlich. Die Stämmchen der Zierbäume sind dick mit Jute umwickelt. In der Tiefgarage stehen leere Farbkübel herum, im Treppenhaus ragt ein Kabel aus der Wand, und an manchen Fensterscheiben kleben noch die Etiketten des Herstellers. Es ist gut zu wissen, dass vor mir kein Mensch in diesen vier Wänden gelebt hat. Hier hat sich nie jemand geliebt, auch nicht gestritten, und nie wurde hier gelacht.

Einmal nur kamen Leute. Das Möbelhaus, das ich mit der Einrichtung beauftragte, schickte zwei Berater, einen Mann und eine Frau.

Elegant gekleidet, standen sie mit großen Mustermappen in der leeren Wohnung.

Sie wollten meine Wünsche besprechen, so formulierten sie es.

Dies brachte mich etwas in Verlegenheit. Ich wusste nichts von meinen Wünschen. Mein Haus sei mit Möbeln verschiedener Epochen möbliert gewesen, ließ ich sie wissen, doch alte Dinge hätten für mich jeden Sinn verloren.

Ich wünsche mir neue Möbel, sagte ich, das sei das Wichtigste, das Aussehen sei einerlei.

Die Wohnberater schauten sich lange an. Sie waren wohl ein bisschen ratlos. Dann wollte die Frau wissen, welches meine Lieblingsfarbe sei.

Ich mag die Farbe Braun sehr gerne, gab ich zur Antwort.

Ob ich lieber Orangen oder Äpfel essen würde?

Ich sagte es ihnen, sie notierten es und drängten darauf, sich meine Garderobe ansehen zu dürfen. Ich sagte ihnen, dass darin keinerlei Aussage über mich zu finden sei, aber sie verstanden nicht.

Meine Frau habe sich bisher um meine Kleidung gekümmert, führte ich aus.

Da nickten sie, und als die beiden ihre Mappen öffneten, sah ich nicht hin und hörte nicht zu und entschied mich für einen Vorschlag, der nicht der billigste und nicht der teuerste war.

Einige Tage darauf wurden die Möbel geliefert. Ich bezahlte die Rechnung, und so sind es also meine Möbel, das heißt, sie befinden sich in meinem Besitz. Trotzdem sind sie fremd, sie haben nichts mit mir zu tun. Sie stehen nur hier, weil ich aus einer Laune heraus behauptete, eine Vorliebe für die Farbe Braun zu haben und Äpfel Orangen vorzuziehen.

Trotzdem liebe ich diese Möbel. Ich liebe sie, weil sie so neu sind.

An ihnen haftet keine Erinnerung. Wenn ich sie betrachte, tauchen bloß die Wohnberater auf, aber sie verschwinden gleich wieder, und nur die Möbel bleiben, ein reines Sofa, ein unberührter Sessel, ein Sekretär ohne Inhalt und Geschichte.

Als ich aus dem Seegarten auszog, zerbrach ich mir den Kopf, lächerliche Sorgen über tausend unbekannte Dinge. Aber es fehlt mir an nichts. Die Zugehfrau kommt alle Tage, räumt auf und macht das Bett, die Woche esse ich beim Italiener und freitags in der Krone, und um meine Wäsche kümmert sich der Wäschedienst. Nur vor Danielle und ihren Plänen muss ich mich vorsehen, dann renkt sich alles ein.

Ich rief Samstag gegen neun Uhr früh im Seegarten an, noch vom Bett aus. Den Brief mit der Nachricht von Paolos

Tod hielt ich in der Hand, ich hatte die Vorstellung, damit glaubwürdiger zu wirken.

Danielle ging ans Telefon. Sie meldete sich nicht mit ihren Namen, nur mit einem Ja, das ungehalten klang. Ich erklärte ihr, Paolo sei gestorben.

Es war eine Weile still.

War das nicht ein Freund aus deiner Zeit in Rom? fragte Danielle.

Er ist vor über zwanzig Jahren nach S. gezogen, antwortete ich.

Das hast du mir nie erzählt, sagte sie vorwurfsvoll.

Es schien mir nicht wichtig, erwiderte ich.

Hast du etwas verheimlicht?

Warum sollte ich?

Du hast nie von deinen Besuchen erzählt, sagte sie.

Aus dem einfachen Grund, weil ich ihn nie besucht habe, erwiderte ich. Wir haben ein paar Mal telefoniert, das ist alles.

Danielle schwieg. War er krank? fragte sie dann.

Ich weiß es nicht, sagte ich.

Wir schwiegen. Dann erklärte ich, weshalb ich nicht in die Casa Fiori fahren könne.

Ich muss zu Paolo, sagte ich.

Du hast es versprochen, sagte sie.

Er war mein Freund, gab ich zurück, verstehst du das nicht?

Nein, ich verstehe dich nicht, sagte sie, und ich fürchtete mich ein wenig vor dem, was nun folgen würde, aber glücklicherweise seufzte Danielle nur, verabschiedete sich und gab mir Sonja.

Sonja war enttäuscht, allerdings nicht allzu sehr. Sie wollte wissen, ob Paolo ein guter Freund gewesen sei.

Ein guter Freund, ja, antwortete ich, aber kein besonders enger.

Weshalb fährst du dann hin? fragte Sonja.

Weil ich von ihm Abschied nehmen will, antwortete ich und war erstaunt über meine Formulierung, Abschied nehmen. War es das wirklich? Es ging mir nicht so sehr darum, ich wollte mir nichts vorwerfen lassen. Von wem ich einen Vorwurf befürchtete, kann ich allerdings nicht sagen.

Dann hörte ich im Hintergrund eine männliche Stimme, und ich fragte Sonja, wer bei ihnen im Seegarten sei.

David, antwortete sie und kicherte.

Was der Junge um diese Zeit bei ihnen zu suchen habe, fragte ich, aber Sonja gab keine Antwort, sagte nur: Ach, Papa, und ich war ein bisschen wütend, und in diesem Augenblick der Unachtsamkeit ließ ich mir das Versprechen abnehmen, nachdem ich bei Paolo gewesen sei, auf direktem Weg, am besten Sonntagabend, spätestens aber Montag früh in die Casa Fiori zu kommen. Dann hängten wir ein. Ich blieb noch eine Weile liegen.

Ich tat nichts, übte mich in Regungslosigkeit und dachte an die kommende Woche. Immerhin hatte ich einen ganzen Tag gewonnen. Ein Tag weniger, den ich mit Danielle verbringen musste, aber in die Casa Fiori musste ich trotzdem fahren, und wenn ich daran dachte, schwante mir Übles. Ich stand auf und führte den Hund vor die Tür.

Das Wetter war unverändert, seit Tagen diese unbarmherzige Sonne. Die Luft kühlte selbst in der Nacht nicht ab, schon morgens um halb zehn war es drückend heiß.

Später packte ich die Koffer und sperrte den Hund, weil ich ihn nicht mitnehmen wollte, auf den Balkon. Dann fuhr ich in die Residenz. Ich wollte sehen, wie es Mutter ging.

Ich traf sie in der Eingangshalle, im Rollstuhl sitzend, wo sie auf mich gewartet hatte. Wir begrüßten uns. Sie hatte sich hübsch gemacht. Sie trug ein kurzärmeliges Jäckchen aus Baumwolle, und ich glaube, sie war beim Frisör gewesen, aber weil ich mir nicht sicher war, sagte ich nichts.

Allerdings fragte ich Mutter, welchen Weg sie sich heute

wünsche. Sie antwortete nicht, und ich schob sie nach draußen, den Hang hinunter in den Park unterhalb der Residenz.

So gut es ging, versuchte ich mit Mutter im Schatten zu bleiben, denn ich fürchtete um ihre Gesundheit. Die Sonne bekommt ihr nicht.

Ich sagte: Besser, wir kürzen den Weg ab und lassen den Seerosenteich für heute aus. Aber Mutter schüttelte den Kopf und bestand auf dem vollständigen Rundgang.

Wir gingen zum französischen Pavillon und zur Blumenuhr, und beim Teich wollte ich Mutter zu einer Bank schieben, damit wir uns eine Weile ausruhen konnten.

Das passte ihr nicht. Sie wollte weiter.

Es sind mir zu viele Mücken hier, sagte sie. Gehen wir lieber gleich zu Tisch, und da ich einverstanden war, brachte ich sie ins nahe Kurhotel.

Dort setzten wir uns auf die Terrasse.

Als wir die Speisekarten studierten, überkam mich ein seltsamer Gedanke. Ich dachte, Mutter habe statt innerer Organe, statt Herz, Lunge und Magen, möglicherweise einen Kern aus reinem Stahl, so aufrecht und starr saß sie in ihrem Rollstuhl. Mir fiel der Meteorit aus dem Naturhistorischen Museum ein, von dem es heißt, er bestehe aus nahezu hundertprozentig reinem Eisen.

Ich weiß nicht, weshalb, aber ich hatte auch die Idee, Mutter könne dank ihrem Stahlkern ewig leben oder aber, wenn ihre Stunde doch einmal schlagen sollte, hochmütig im Rollstuhl sitzen bleiben. Vielleicht wäre sie schweigsamer als üblich, aber sonst nicht sehr verändert. Vielleicht, dachte ich, wird ihr Tod deshalb unbemerkt bleiben, denn reines Eisen rostet nicht und die Verwesung könnte Mutter nichts anhaben.

Mutter bestellte zur Vorspeise mit Milken gefüllte Pasteten aus Blätterteig, anschließend panierten Fisch mit Kohl und als Nachspeise Zwetschgenkuchen mit Vanilleeis. Ich begnügte mich mit einer Hühnerbrühe, die ich jedoch nicht anrührte. Ich fühlte mich nicht schlecht, ich hatte bloß keinen Appetit.

Mutter störte sich nicht daran, sie bemerkte es nicht einmal, und aß mit unerhörtem, unmenschlichem Appetit. Sie verschlang Teller um Teller bis auf den letzten Krümel, und ich konnte mir nicht vorstellen, was die alte Frau mit dieser Unmenge Essen anstellen wollte. Sie ist ja dünn wie eine Spindel und bewegt sich kaum. Vielleicht, so dachte ich, ficht Mutter in ihrem Innern unerhörte Kämpfe aus, muss immer wieder ein Leiden niederkämpfen, ein Gespenst, ein Ungeheuer, das aus der Vergangenheit aufsteigt und sich einen Platz in Mutters leer geräumter Seele verschaffen will. Vielleicht benötigt sie das Essen für diesen unsichtbaren Kampf, das wäre immerhin denkbar, aber auch wenn sie fasten würde, glaube ich nicht, dass ein Ungeheuer auch nur die kleinste Aussicht auf Erfolg hätte, wie groß und stark es auch immer sein mag. Es gibt nichts, das gegen den Willen meiner Mutter existieren kann.

Während sie aß, versuchte ich Mutter zu unterhalten. Ich erzählte von den Geschäften, beschrieb die neuen Angestellten und berichtete von den jüngsten Veranstaltungen. Meine Berichte ließen Mutter ungerührt, nur für den Konkurs des Lederwarenhändlers, der seit Jahrzehnten neben der Buchhandlung sein kleines Geschäft betrieben hatte, interessierte sie sich.

Wir werden nächsten Samstag leider nicht gemeinsam essen können, sagte ich. Ich will mir zwei Wochen Ruhe gönnen und fahre zur Erholung in unser Sommerhaus. Bestimmt findest du jemanden aus der Residenz, der dir Gesellschaft leistet.

Mutter hielt mit dem Kauen inne, putzte sich den Mund ab und meinte, es interessiere sie nicht, wo ich meine Ferien verbrächte.

Ich kann gut alleine essen, sagte Mutter. Ich brauche keine Gesellschaft. Ich bin nicht wie die anderen Pensionäre, die keine Minute allein sein können. Sie haben vor nichts so Angst wie vor dem Alleinsein. So bin ich nicht. Ich habe keine Angst, vor nichts. Ferien hin oder her, ich kann gut alleine essen.

Sie aß und aß, sorgfältig, ernsthaft, so wie eine Mutter ihr Kind füttert, bloß, dass sie sich selbst fütterte, und ich musste zugeben, dass sie auf ihre Weise Recht hatte, Mutter hat zeitlebens das Alleinsein gepflegt, und deshalb fand ich ihre grobe Art auch nicht verletzend. Ich liebe meine Mutter.

Ich bewundere sie für das Maß ihrer menschlichen Kälte und für die Eindeutigkeit, mit der sie ihren Lebensüberdruss zeigt. Was nach Vaters Tod an Mitgefühl übrig war, haben die Jahre in der Residenz aus ihrem Herz gewaschen. Mutter ist niemals grausam, zur Grausamkeit fehlen ihr die Gefühle, und ich weiß, sie freut sich nicht über meine Besuche und sie sind ihr auch nicht lästig. Sie nimmt sie einfach hin, so, wie sie auch mich hinnimmt. Mir ist das recht, es vereinfacht unsere Beziehung. Wir halten uns an die Regeln. Ich bin samstags pünktlich in der Residenz, wir spazieren zum französischen Pavillon und zu den Seerosen, und hinterher gehen wir ins Kurhotel essen. Wir vertragen keine Abweichung. Nur in der Regelmäßigkeit gedeiht unsere Liebe, und es ist eine wirkliche Liebe, eine aufrichtige, respektvolle, eine ohne kleinliche Gefühle, eine ohne überhaupt irgendwelche Gefühle.

Im Sonnenlicht glitzerte Blütenstaub. Eine Wespe setzte sich auf Mutters Teller, sie ließ das Insekt gewähren.

Allerdings, sagte sie dann, wo soll ich nächsten Samstag essen, wenn du nicht kommst? Hast du daran gedacht?

Wohl ausnahmsweise in der Residenz, erwiderte ich.

Sie schüttelte den Kopf. Ich kann samstags unmöglich in der Residenz essen, sagte sie. Samstags ist der Teufel los. Da kommen die Familien der Pensionäre. Und es wimmelt von Kindern. Ich kann nicht essen, wenn Kinder da sind. Kinder sind nicht sauber.

Wenn du es verlangst, werden sie die Mahlzeit aufs Zimmer bringen, sagte ich.

Mutter legte das Besteck ab. Ihre Augen funkelten vor Zorn. Du fährst in die Ferien und willst, dass ich auf meinem Zimmer esse? Alleine?

Mama, sagte ich, sag mir, wie du es haben möchtest, und wir werden das regeln. Sie verzog den Mund. Mutter wollte im Kurhotel essen. Ich gab ihr Geld dafür.

Sie brauchte Geld fürs Taxi, um von der Residenz hierher fahren zu können.

Ich gab ihr mehr Geld.

Sie sagte nichts. Sie war nicht zufrieden. Ich nahm das Geld zurück und legte einen großen Schein auf den Tisch. Sie pickte ihn, als handle es sich um etwas Unanständiges. Dann aß sie weiter.

Ich bezahle sämtliche Kosten, die Mutters Leben mit sich bringt und die alles andere als gering sind, handelt es sich bei dieser Residenz doch um eine allererste Adresse. Ich bringe dieses finanzielle Opfer, weil ich mir vom Komfort eine Mäßigung ihres Charakters versprochen habe. Die hervorragende Betreuung, die gute Küche, die warmen Bäder und nicht zuletzt die Lage am Hang, von wo man einen weiten Teil der Umgebung übersieht, sollen Mutter beruhigen und die unerfüllten Bedürfnisse, die zuletzt, als sie bei uns im Seegarten wohnte, unser Verhältnis belastet hatten, gestillt werden. Und so ist es auch. Mutter ist endlich in der Lage, jenen aufwändigen Stil zu leben, den sie für ihre Person immer angemessen fand und den ein heimtückisches Geschick ihr die meiste Zeit des Lebens vorenthalten hat.

Mutter ist eine sehr ursprüngliche Noblesse zu eigen, doch hat sie diese nicht vor meinem Vater bewahrt, der in seiner ganzen Existenz ein Kleinkrämer war und unfehlbar ein Bankrotteur geworden wäre, hätte sein früher Tod ihn und uns nicht vor dieser Schande bewahrt. Was meine Mutter zu einem Mann trieb, der ein unstetes, schwärmerisches Naturell hatte und sich für Bücher, jedoch nicht für den Handel interessierte, ist mir zeitlebens ein Rätsel geblieben. Er war in keiner Weise in der Lage, meiner Mutter die ihr gemäßen Lebensumstände zu verschaffen, und was er versäumte, habe nun ich nachzuholen. Es ist Vaters kindischer Idealismus, zu dem ich manchmal neige und der schwer auf meinem Leben lastet. Seine Hinterlassenschaft bestand aus dem Füller und dem Brieföffner aus Sterlingsilber, dem Tintenfass und dem Briefbeschwerer aus Achat, diesem ganzen Plunder, der in einer Vitrine in meinem Büro verstaubt und zu nichts anderem nütze ist, als mich ständig daran zu erinnern, in welch falsches Leben ich geraten bin. Es würde mir nicht Leid tun, alles in einen Müllsack zu packen oder ins Brockenhaus zu bringen, damit aus dem Erlös wenigstens einer armen Mutter in Not geholfen werden könnte. Ich habe es nur deshalb nicht getan, weil ich Frau Webers Reaktion fürchte. Sie hat meinen Vater verehrt. Vielleicht fürchte ich noch mehr Danielles Reaktion, obwohl sie diesen Schritt begrüßt hätte, aber gerade diese Zustimmung wäre mir zuwider. Sie würde mich tiefer treffen als Frau Webers Erschrecken über das Sakrileg, die Hinterlassenschaft meines Vaters vernichtet zu haben; eine unehrliche Hinterlassenschaft im Übrigen. Genau genommen hatte sie aus einem staubigen, lichtlosen Ladenlokal in einer schlechten Gasse bestanden, einem Lokal, in dessen Regalen Bücher standen, die zur Hälfte überaltert und stockfleckig, zur anderen zwar neu, aber unbezahlt gewesen waren. Das einzige reichlich Vorhandene waren offene Rechnungen und die ratlosen Gesichter dreier Angestellter, die keine einzige vernünftige Idee beisteuerten, wie es mit dieser Buchhandlung in den nächsten zwei Wochen weitergehen könnte, aber davon ausgingen, es sei ihr unverbrüchliches Recht, fürs Herumstehen auf unabsehbare Zeit Gehalt zu beziehen.

Ich hatte die nächste Zeit damit zu tun, den Konkurs abzuwenden. Diese Schande hätte Mutter umgebracht, und es gelang mir mehr als das, ich machte aus der Hinterlassenschaft in fünfundzwanzig Jahren ein schönes Vermögen.

Der Anwalt hat seinerzeit von dieser Residenz abgeraten. Die Kosten seien exorbitant. Er empfahl eine Alterssiedlung in einer minderen Lage und mit weniger Komfort, aber Mutter hätte niemals eine *Siedlung* akzeptiert, eine *Residenz* ist der einzig mögliche Ort für sie, obwohl sie von den angebotenen Tanzstunden, den Fitnesslektionen oder den Malkursen keinen Gebrauch macht, und dass sie jemals die Thermalbäder besuchen wird, ist ausgeschlossen, Mutter mag kein Wasser.

Sie verputzte die letzten Krümel ihres Zwetschgenkuchens. Dann verlangte sie Kaffee. Ich fürchtete mich, denn beim Kaffeetrinken beklagt sie sich oft über ihr Aussehen.

Dies ist zu ihrem hauptsächlichen Gesprächsstoff geworden. Ich hätte dafür Verständnis, wäre sie zehn oder zwanzig Jahre jünger, bei ihren zweiundachtzig Jahren scheint Eitelkeit unangebracht. Mutter trägt die Gedanken über ihre verfallene Schönheit sachlich und mit einem Lächeln vor, aber mir wäre lieber, wenn sie über etwas anderes sprechen würde. Das Thema ist zu intim, um es mit der eigenen Mutter zu erörtern.

Mit meinem Hals ist etwas nicht in Ordnung, sagte Mutter und rührte Zucker in den Kaffee. Er ist voller Falten. Ich habe vieles versucht, aber die Dinger gehen nicht weg. Mit meinen Augen scheint auch etwas nicht zu stimmen, ist es dir nicht aufgefallen? Richtig trübe sind sie geworden, und dabei hat mich alle Welt um meine Augen beneidet.

Sie hat tatsächlich tiefe Falten, nicht nur am Hals, und auch das mit den Augen war richtig, sie waren trübe, allerdings in einem für ihr Alter gewöhnlichen Maße.

Das konnte ich ihr nicht sagen. Ich konnte Mutter nicht sagen, sie sehe für ihr Alter gut aus. Es hätte sie an ihr Alter erinnert. Mutter hasst ihr Alter.

Deswegen sagte ich: Ich kann nichts Trübes erkennen. Deine Augen sind wundervoll.

Ich versuchte dabei, jeglichen Unterton zu vermeiden, denn Mutter ist empfindlich auf jede Art von Untertönen.

Aber sie hatte trotzdem etwas gehört, denn sie beschwerte sich sogleich über meine freche Lüge.

So warst du immer, sagte sie. Da hilft nichts. Schon als Junge warst du ein krankhafter Lügner. Weiß Gott, wie ich gelitten habe.

Obwohl ich nichts gegessen hatte, fühlte ich, wie sich mein Magen zusammenschnürte. Ich fürchtete einen Streit, und dabei hatte ich ihr schmeicheln wollen!

Aber Mutter duldet keinen Widerspruch, auch nicht, wenn dieser Widerspruch ein Kompliment sein sollte.

Ich hätte schweigen sollen, aber aus irgendeinem Grund verspürte ich das Bedürfnis, etwas hinzuzufügen.

Ich mochte Mutter nicht das letzte Wort überlassen. Es war mir schließlich nicht ums Lügen gegangen, auch nicht um die Erinnerung an meine Kindheit. Mutter hatte kein Recht, über diese Zeit zu sprechen. Ich war bloß sechzehn Jahre lang ihr Kind; sie hingegen befindet sich seit dreißig Jahren in meiner Obhut.

Es war ungerecht, wenn sie mir irgendwelchen Schabernack aus dieser vergangenen Epoche vorhielt.

Hatte ich ihr nicht eben Geld gegeben?

Wie undankbar sie war!

Deshalb erwähnte ich Paolos Tod, ich wusste, diese Nachricht würde sie erschrecken.

Mutter empfindet gegenüber dem Tod und allem, was mit ihm zusammenhängt, eine unnatürliche, panische Angst, und einen Leichnam hält sie für etwas Krankes, an dem man sich anstecken kann. Sie verachtet die Krankheit. Sie macht sich oft über Mitpensionärinnen lustig, die morgens nicht aufstehen können. Die ist nicht krank, die ist nur faul und wehleidig, schimpft sie über Sterbende und behauptet, sie selbst sei in ihrem Leben keinen Tag krank gewesen. Es komme auf die innere Einstellung an, sagt sie mit fester Überzeugung. Krankheit und Tod stellen für sie Zeichen der persönlichen Schwäche und in diesem Sinne ein Scheitern dar, das es unter allen Umständen zu vermeiden gilt.

Als Vater starb, war sie außerstande, sich um die kleinste Angelegenheit zu kümmern. Ihr Telegramm mit der Nachricht von Vaters Tod hatte mich in Rom erreicht. Ich war kaum zwanzig. Nach Rom war ich aus der Überzeugung gezogen, außer dem üblichen Mittelmaß sei in meiner Heimatstadt nichts zu erreichen. Ich hatte damals höhere Ziele, und Rom, die ewige Stadt, schien mir dafür richtig. Unter keinen Umständen wollte ich jemals zurückkehren, was auch immer geschehen mochte, aber Mutters Telegramm ließ nicht den leisesten Zweifel, dass sie mich persönlich holen würde, wenn ich mich nicht unverzüglich auf den Weg machte.

Der nächste Zug brachte mich zurück in meine brave Stadt, zu meinem toten Vater, und letzten Endes brachte mich dieser vermaledeite Zug auch zu Danielle.

Zu Hause musste ich mich um alles kümmern, um den Verkehr mit den Behörden und die testamentarischen Pflichten; ich traf die Wahl der Blumengestecke und entschied, wo das Leichenmahl stattfinden sollte, ja, selbst den Anzug, in welchem Vater begraben werden sollte, hatte ich auszusuchen. Ich entschied mich für einen dreiteiligen weißen Leinenanzug, über den Mutter und ich schließlich in Streit gerieten, weil sie fand, er lasse Vater blass aussehen.

Wenn es sich hätte einrichten lassen, hätte sie das Begräbnis ausgelassen. Sie schämte sich für ihren toten Gatten, schämte sich, dass er faul in seinem Sarg lag und ein bisschen blass um die Nase war, denn alles galt ihr nur als weiterer Beweis, welch Waschlappen und Feigling er gewesen war.

Ihre Angst vor dem Tod machte Mutter erpressbar. Deshalb war ihre Reaktion auf meine Mitteilung auch die erwartete. Mutter richtete sich auf, streckte den Rücken durch, weitete ihre Augen und gab vor, sie habe mich nicht verstanden.

Ein Freund ist tot, er war noch jung, wiederholte ich und wusste, wie sehr ich ihr damit wehtat. Er war Italiener, fuhr ich fort. Er lebte in S., und übermorgen wird er in seine Heimat überführt. Ich will ihm die Ehre erweisen.

Mutters Atem ging kurz. Sie schaute mich nicht an, erwiderte, es täte ihr für meinen Freund aufrichtig Leid. Sie hoffe, er habe alles in Sauberkeit und Ordnung hinterlassen und mache seinen Hinterbliebenen nicht zusätzliche Umstände. Allerdings verstehe sie nicht, weshalb ich da hinfahren müsse. Es sei eine lange Reise nach S., und da der Mann nach Italien überführt werde, werde die Familie eine Menge Arbeit haben, und ich würde ihnen bestimmt im Weg stehen.

Da fällt man jemandem schnell zur Last, sagte sie, und schon macht man sich unbeliebt.

Dann sagte sie noch etwas Merkwürdiges. Mutter sagte:

Aber du willst da hin. Du willst dir das ansehen, weil dir tote Dinge gefallen.

Diese letzte Äußerung empörte mich, aber ich verzichtete darauf, ihr zu erklären, dass es sich bei Paolo um einen Freund handelte und ich von ihm Abschied nehmen wollte, sie hätte es ohnehin nicht verstanden.

Dann musste ich Mutter versprechen, dass ich die Leiche nicht anfassen würde.

Bei den Italienern ist das Sitte, behauptete sie. Die küssen ihre Toten. Das ist ekelhaft. Was man sich da alles holen kann, mit tausend Krankheiten kann man sich anstecken. Versprich es mir!

Was sollte ich tun? Natürlich versprach ich es. Ich weiß nicht, ob sie zufrieden war, jedenfalls schwieg sie.

Nachdem ich die Rechnung verlangt und bezahlt hatte, brachte ich Mutter zurück in die Residenz. In der Eingangshalle begegneten wir einer Pflegerin.

Mutter legte ihren Kopf mit einer zärtlichen Geste an meinen Arm und meinte zu der Pflegerin, ich sei ihr Lieblingssohn und Besitzer der größten Buchhandlung im Land. Die Schwester nickte gelangweilt, was Mutter aber nicht kümmerte. Sie prahlt oft vor fremden Leuten. Bei diesen Gelegenheiten pflege ich zu lächeln und erzähle immer dasselbe, nämlich, dass es diese Buchhandlung ohne meine Eltern nicht gäbe und ich mich in ein gemachtes Bett gelegt hätte.

Diese Unwahrheit gefällt meiner Mutter. Sie tätschelt zum Abschluss unserer Vorstellung meinen Arm, an den sie eben noch ihren Kopf lehnte und sagt:

Da hat er allerdings Recht, mein Junge.

Und sie lacht, und ich lache auch.

Die Frau in der Hundepension trug eine Küchenschürze, an der Katzenhaare klebten. Auf dem Herd kochten in einem Topf Fleischabfälle. Ich vermied es, mich weiter in ihrer Wohnung umzusehen, und ich schaute auch meinen Hund nicht an. Die Frau sprach unablässig und mit lauter Stimme, aber sie unterhielt sich nicht mit mir, sie sprach mit dem Hund.

Muss das Herrchen verreisen, sagte sie und tätschelte seinen Kopf, muss das arme Hundchen bei Muttchen bleiben, so ein armes Hundchen!

Die Frau war neugierig zu erfahren, wohin das Herrchen verreise, aber der Hund antwortete nicht, und auch ich behielt es für mich, bezahlte lediglich die Gebühr für zwei Wochen, bedankte mich und ging.

Das war Sonntag, noch vor Mittag. Ich trug einen schwarzen Anzug, schwarzen Schlips und ein weißes Hemd, aber in den Koffern auf dem Rücksitz lagen leichtere Kleider für zwei Wochen Ferien auf der Veranda.

Erst auf der Ausfallstraße fiel mir ein, dass ich keine Blumen für Paolo hatte. Ich dachte an Nelken oder Astern, das waren die Totenblumen. Ich wendete und fuhr in die Gegend des Friedhofs.

Vor einem Restaurant mit weiten Fensterscheiben standen Menschen in Trauer. Ich fand drei Blumenläden nebeneinander, und alle hatten sonntags geschlossen. Also fuhr ich zum Bahnhof.

Das gehört sich nicht, dachte ich, als ich durch die Halle ging, zu dieser Gelegenheit sollte man nicht Blumen aus dem Bahnhofsladen kaufen, das ist nicht in Ordnung, und zu allem Elend waren Nelken ausverkauft. Es gab Rosen und Topfgestecke.

Du kannst dem Toten keine Rosen bringen, dachte ich. Schließlich willst du ihn nicht zum Essen ausführen.

Aber was hätte ich tun sollen? Etwas musste ich doch mitbringen!

Deshalb kaufte ich einen Strauß roter Rosen.

Auf der Fahrt nach S. dachte ich an die Wohnung der Frau, an den Geruch, der dort herrschte. Ich stellte mir vor, er gehe von ihr aus, von der Frau, was Unsinn war, aber ich dachte es trotzdem. Und weshalb verlangte sie für ihre Dienste so wenig? Die zwei Wochen kosteten mich kaum das Futter. Ich dachte an den Hund, ich sah seine Augen, das heißt, ich musste sie mir vorstellen, aber ich sah die Augen deutlich vor mir. Besser, du hättest den Hund angeschaut, dachte ich, dann hättest du ihn weniger deutlich vor Augen, und ich hatte ein schlechtes Gewissen, ihn bei dieser Frau gelassen zu haben, nur ein bisschen allerdings, und es war nicht unangenehm. Ein schlechtes Gewissen, fand ich, kann auch angenehm sein.

Die Fahrt nach S. war zermürbend.

Die Gegend ödete mich an, obwohl sie abwechslungsreich war.

Ich hörte Musik, Bellini, Costa Diva.

Einmal hielt ich. In einer Raststätte trank ich Kaffee. Seit Freitagmittag, seit diesem wunderbaren Toast mit Hühnerleber, hatte ich nichts gegessen, und nun war mir vor Hunger übel, aber aus Trotz aß ich nichts. In der Zeitung las ich einen Aufruf der Hilfswerke. Sie sammelten für die Kriegsopfer. Auf einem Bild sah man eine Mutter mit ihrem Kind im Arm. Die Mutter trug ein Kopftuch, und das Kind blickte leer und wässrig. Über der Fotografie stand: Helfen Sie! Der nächste Winter kommt bestimmt!

Später am Tag fuhr ich durch die Gegend, aus der Vaters Familie stammt. In einem der Dörfer lebt mein Onkel. Er wusste nichts von mir, aber ich war in der Nähe und dachte an ihn, und er saß in seiner Wohnung oder stand im Freien, war unwiderlegbar der Bruder meines Vaters und hatte nichts mit mir zu tun. Ich fuhr weiter.

Dann kamen die Seen, danach die Weinberge, auch sie ließ ich hinter mir. Fuhr in die weite Ebene hinein. Wolken türmten sich darüber.

Ob es wohl regnen würde?

Ich querte alte Dörfer. Die Plätze vor den Kirchen waren ausgestorben, und in den Bäumen wuchsen Misteln. Die französische Grenze war nicht weit.

Wind kam auf, als ich die steile Straße nach S. erreichte und an einem verlassenen Schulhaus und alten Industrieanlagen vorbeikam. Ein Schild pries S. als Ferienort, aber ich bezweifelte, ob man sich hier erholen konnte. Die Gegend war schroff, abweisend. Die Winter mussten streng sein. Birken und schwarze Tannen wuchsen in dieser Höhe.

Nun tauchten auf der Straße Menschen auf.

Ich drehte die Musik aus. Regentropfen klatschten auf die Scheibe. Vor einem Hotel hielt ich.

La France stand auf dem alten Schild aus Email.

Das Gebäude glich einer Kaserne, es war gedrungen und für ein Hotel zu groß geraten.

An der Rezeption fand ich niemanden.

In der Gaststube saß ein Mann, der über einem Kreuzworträtsel eingeschlafen war. Ich berührte ihn an der Schulter. Der Mann hob seinen Kopf und schaute mich an, als sei ich eine Erscheinung aus seinem Traum.

Je cherche une chambre, sagte ich.

Der Mann gähnte. Seine Antwort auf Französisch verstand ich nicht, aber es wurde deutlich, dass er mit dem Hotel nichts zu tun hatte.

Ich ließ ihn in Ruhe und setzte mich an einen der Tische. Ich wartete eine Weile.

Irgendwann erschien eine Frau. Sie trug eine Kiste mit Gemüse und schimpfte leise vor sich hin. Sie hörte auch nicht auf, als sie mich entdeckt hatte und an meinen Tisch kam. Ich stand auf, ich dachte, die Frau schimpfe mit mir, aber so war es nicht. Sie war aus einem anderen Grund verärgert, denn als ich fragte, ob ein Zimmer frei sei, nickte sie, und ich folgte ihr über eine Treppe in den dritten Stock.

Das Zimmer war sauber und hell, und das Bett schien in Ordnung zu sein. Ich wusste, ich würde damit vollkommen zufrieden sein. Trotzdem, ich weiß nicht weshalb, verlangte ich ein anderes Zimmer zu sehen.

Dies sei ihr bestes Zimmer, antwortete die Frau im nasalen, ordinären Französisch jener Gegend. Die anderen Räume seien kleiner und gingen auf die Straße hinaus, doch ich beharrte auf meinem Wunsch. Die Frau führte mich in ein Zimmer am Ende des Flurs, und obwohl ich auf den ersten Blick erkannte, dass es nicht in Frage kam, da es tatsächlich auf die Straße hinausging, besah ich es ausgiebig. Ich weiß nicht, weshalb ich das tat, aber mein Verhalten erschien mir sinnvoll und vernünftig.

Ich nehme das andere, sagte ich.

Die Frau nannte den Preis. Das Frühstück sei inbegriffen, meinte sie.

Sie überließ mir den Schlüssel, verschwand schließlich, und ich war mit mir alleine in diesem Zimmer. Ich sah mich um. Der Farbfernseher war an die Decke geschraubt. An den Fenstern hingen geblümte Gardinen. Es roch nach Einsamkeit und Staub. Die Leute im Faltprospekt trugen Kleider, die längst aus der Mode waren.

Die Luft war abgestanden und muffig. Es störte mich nicht. Im Badezimmer ließ ich Wasser ins Becken laufen und stellte die Rosen hinein.

Ich setzte mich auf den Klosettdeckel.

Es war spät am Nachmittag.

Sollte ich jetzt gleich zu Paolo gehen oder bis zum Abend warten?

Ich beschloss, mich eine Weile hinzulegen.

Obwohl ich müde war, fand ich keinen Schlaf. Zu viele

Gedanken waren in meinem Kopf. Ich dachte an Mutter und an Sonja, und dann dachte ich wieder an den leidigen Hund, sah wieder seine traurigen Augen und nahm mir vor, es sei das letzte Mal gewesen. Ich dachte auch an Paolo, das heißt, ich dachte an seine Verwandten, die ich heute zu Gesicht bekommen würde.

Ob er eine Witwe hinterließ?

Ich hoffte, nicht.

Ich fürchtete mich vor dem Leid einer Witwe, ich stellte es mir still und bitter und ausweglos vor. Noch weniger behagte mir der Gedanke an einen aus Italien angereisten Verwandten, Vetter oder Onkel, der mich in seinem tadellosen schwarzen Anzug argwöhnisch belauern würde, und ich müsste bis in die kleinste Einzelheit über die Freundschaft zwischen mir und Paolo berichten, um zu beweisen, dass ich das Recht hatte, seine Leiche zu sehen, und als ich mich im Geist den Verwandten erklären wollte, wusste ich plötzlich nicht mehr, weshalb ich hierher gekommen war. Ich fürchtete, die kleinen Unwahrheiten und Schummeleien, mit denen ich Paolo zuletzt abgewimmelt hatte, seien dem Verwandten durch einen geheimen Umstand bekannt geworden und würden mir im Angesicht des Toten vorgerechnet werden. Mutter hatte Recht gehabt, der Trauerbrief war nichts als eine Formalität gewesen. Sie hatten meinen Namen in Paolos Adressbuch gefunden und mich aus Gründen des Anstandes angeschrieben, stillschweigend damit rechnend, ich würde nicht die Unverfrorenheit besitzen, auch tatsächlich zu erscheinen.

Es war ein Fehler, dass ich gekommen war, und ich dachte, es wäre besser, gleich wieder abzureisen.

Ich gebe zu, an Danielle gedacht zu haben.

Ich dachte daran, wie gewandt sie diese Aufgabe bewältigt hätte. Niemals hätte sie Blumen im Bahnhofsladen kaufen müssen. Danielle hätte frühzeitig daran gedacht und sich dabei nicht mit einem gewöhnlichen Gesteck begnügt, sondern bald gewusst, wo man zu einer solchen Gelegenheit die schönsten, ausgesuchtesten, erlesensten Blumengebinde bekommt. Sie kennt unsere Stadt in dieser Hinsicht sehr genau; im Gegensatz zu mir ist Danielle hier zu Hause. Sie bewegt sich sicher auf den gesellschaftlichen Wegen, pflegt Freund- und Feindschaften mit aller Leichtigkeit, ohne Anstrengung und vollkommen geschmeidig. Gerade dafür habe ich sie bewundert; für ihre Geschmeidigkeit habe ich Danielle geliebt, dass es nichts gibt, das sie zu einer brüsken Bewegung zwingt, zu einem lauten Wort, zu einer hässlichen Geste. Alles gerät ihr rund.

Ich weiß noch, wie ich eines Sonntagabends im Seegarten, nach einem faulen Tag auf der Veranda, am Badezimmer vorbeikam. Ich blieb stehen und sah Danielle zu, lange unbemerkt. Sie hatte gebadet, stand vor dem Spiegel und rieb sich mit einer Körpermilch ein. Sie tat dies gewissenhaft und gründlich. Ihr Körper war schön, aber er alterte unzweifelhaft, die Hüften wurden schwer und ihre Brust fiel ein, so sorgfältig sie sich darum kümmerte. Sie behandelte ihren Körper wie irgendeine Unannehmlichkeit in ihrem Leben, als wichste sie nach einer Wanderung die Schuhe, als fettete sie nach dem Kochen eine Pfanne. Sie pflegte ihn, wie man nur ein Instrument oder eine Waffe pflegen sollte, und sie tat es, damit er geschmeidig blieb.

Am selben Abend im Bett, nach dem Lichterlöschen, schmiegte sich Danielle an mich. Ich fürchtete, dass sie mich auf dieselbe Weise anfassen würde wie ihren Körper, mit demselben Gedanken, mit derselben Vorsätzlichkeit, mit demselben Kalkül, mit demselben Ziel. Sie wollte mich geschmeidig machen. Selbst ihren Körper verschonte sie nicht, weshalb sollte sie vor mir Halt machen? Ich stieß sie weg.

Es sind dieselben Eigenschaften, für die man einen Menschen liebt und später hasst. Ich habe Danielles Geschmeidigkeit geliebt und später hassen gelernt; ich habe Paolo zu Beginn dafür geliebt, dass er Römer war. Als ich ihn in Rom kennen lernte, schmeichelte es mir, mit einem Römer Umgang zu pflegen. Dank Paolo bekam ich die für ihn alltäglichen, für mich jedoch abseitigen Orte zu sehen, aber es ging nicht um die wirklichen Vorteile, die diese Freundschaft bringen mochte, auch nicht um Paolo, der ungebildet war und mich die meiste Zeit langweilte, vielmehr ging es um das Gefühl, von der Stadt aufgenommen zu sein und jemandem, der mich danach fragen sollte, antworten zu können, dass ich selbstverständlich mit Römern bekannt sei.

Später, als Paolo nach S. gezogen war, mied ich ihn aus demselben Grund, ließ mich verleugnen, weil er Römer war und mich an die Zeit in Rom erinnerte, was mir, da ich mich um mein Geschäft zu kümmern hatte, unangenehm gewesen war.

Merkwürdigerweise vermisste ich, als ich auf dem Bett lag, alle beide, Danielle und Paolo. Ich wünschte sie nicht herbei, dessen bin ich sicher, denn der Gedanke, einer von den beiden könnte hier in diesem Hotelzimmer sein, erfreute mich keineswegs. Es war ein anderes Verlangen, abseitiger und dunkler. Die Erinnerung an die beiden war von einem Schmerz begleitet, der zwischen Brust und Magen saß und dem Hungergefühl nicht unähnlich war. So deutlich mir der Magen mitteilte, wie der Schmerz gelindert werden könnte, mit Essen nämlich, so eindeutig ließ mich das Sehnen nach Danielle und Paolo wissen, dass es unstillbar war und erlitten werden musste, nur der Schlaf konnte mich erlösen, doch er zierte sich, und ich flüchtete mich in eine Phantasie, in die ich mich seit der Kindheit zurückziehe.

Ich sah mich selbst auf einen Lichtstrahl klettern, der aus dem nachmittäglichen Himmel durch das Fenster fiel. Die äußersten Schichten der Atmosphäre durchquerend, wanderte ich durch das Dunkel des Weltalls geradewegs der Sonne entgegen, ging auf ihr Licht zu, bis mich das Feuer zu Asche verbrannte.

Mein Verglühen empfinde ich dabei als angenehm und ich gleite in den Schlaf.

Heute funktionierte die Phantasie nicht. Ich war zu aufgeregt. Ich lag wach, über mir statt des Weltalls die Zimmerdecke.

Deshalb stand ich auf, putzte mir die Zähne, zog ein schwarzes Jackett aus dem Koffer, nahm die Blumen aus dem Waschbecken und verließ das Zimmer. Draußen war es hell und mich fröstelte.

Auf der Motorhaube sonnte sich eine Katze. Ich ließ sie gewähren und machte mich zu Fuß auf den Weg.

Die ansteigende Hauptstraße war von schmutzigen, modernistischen Wohnblöcken mit halbrunden Fassaden gesäumt, an denen der Aufbruch und gleichzeitig der Niedergang erkennbar waren. Daneben gab es ältere, für die Gegend typische Bürgerhäuser, viergeschossig, mit Walmdächern und kalkweißen Fensterstürzen im gelben Verputz.

Die Geschäfte waren geschlossen; im leer geräumten Lokal einer Metzgerei hing ein Schinken aus Kunststoff; das Schaufenster war verklebt mit Ankündigungen für Unterhaltungsabende und Pferdemärkte.

Die Straße stieg weiter an. Menschen gab es wenige.

Ich sah einen alten Mann, der die Straße überquerte, ich sah eine Mutter mit ihrem Kind und einen Mann in einem blauen Anzug, mit einer Mappe unter dem Arm.

Der Verkehr war dünn. Die Farben waren fahl, ohne Glanz, die Geräusche matt und körperlos, als sei in dieser Höhe zu wenig Sauerstoff, um den Dingen Kraft zu geben. Von den Hügeln wehte ein kühler Wind.

Auf der Straße vollführte das Licht ein unruhiges Spiel; schnelle Wolken schoben sich vor die Sonne, verdunkelten das rissige Pflaster, zogen weiter, jäh brach das grelle Licht hervor.

Unrat hing in den Büschen, Papierfetzen und Getränkedosen, dahinter dämmerten die Villen der alten Industriellen.

Die Blumen lagen schwer in meinem Arm; dunkle Brühe drückte durch das Papier. Mir war von der dünnen Luft schwindelig.

Paolos Haus war ein Wohnblock am Ende der Siedlung, das letzte Gebäude jenseits der Bahnlinie nach Frankreich. Dahinter kamen nur noch Wiesen und Wälder, kamen nur noch gelber Enzian und schwarze Tannen, es sah aus, als stehe das verwitterte Haus an einer Klippe am Meer. Vor dem Eingang, im gemauerten Windfang, standen zwei Knaben neben ihren Fahrrädern. Sie hatten mich längst erblickt und auf meinem Weg zu ihnen angestarrt. Sie wussten, wohin ich wollte. Der schwarze Anzug und die Blumen verrieten mich.

Ob sie mich wohl etwas fragen würden?

Und was sollte ich ihnen antworten?

Doch die Knaben waren brav und still. Sie erwiderten murmelnd meinen Gruß und traten zur Seite. Ich sah den Ernst in den Gesichtern, erkannte das Bemühen, ihn nicht durch eine plötzliche kindliche Regung, ein Lachen oder ein Feixen, aus dem Gesicht zu verlieren. Sie fühlten zum ersten Mal diesen Ernst, und sie waren stolz auf ihn.

Der eine Knabe hielt die Eingangstür auf. Er sagte: Il est au premier étage.

Der andere: C'est la porte à gauche.

Sie schwiegen, und ich stieg die Treppe hoch.

An einer Tür im ersten Stock hing Trauerflor.

Ich zögerte, denn es kam mir albern vor, an der Tür eines Toten zu klingeln. Wen konnte man erwarten, dass er einem öffne?

Dann drückte ich die Klingel trotzdem. Kurz darauf öffnete sich die Tür, eine Frau erschien, von der ich zuerst dachte, sie sei ein Mädchen, wohl des Reifs wegen, mit dem sie ihre Haare zurückgebunden hatte. Sie war von zierlicher Gestalt, aber tatsächlich nicht viel jünger als ich selbst. Sie bat mich wortlos herein.

Wir standen im Flur. Es gab wenig Licht.

Ich war aufgeregt, doch die Gegenwart der Frau beruhigte mich. Sie schien sanft und verständig zu sein. Sie nahm mir die Rosen ab, was mich um mehr als das Gewicht der Blumen erleichterte. Als ich ihr den Brief reichen wollte, huschte ein Lächeln über ihr Gesicht.

Vous pouvez bien le garder, sagte sie, und ihre Stimme war weder laut noch flüsternd. Sie bewegte sich von mir weg, nach rechts, weiter in den Flur hinein, was mich verängstigte, da ich den Grund dafür nicht erraten konnte.

Sie öffnete eine Tür.

Licht fiel in den Flur, und im selben Augenblick roch ich ihn.

Ich wäre weggerannt, aber die Frau half mir. Sie zog mich, und als ich neben ihr stand, legte sie die Hand an meinen Ellbogen und stieß mich sanft durch die Tür.

Es war ein einfaches, schmuckloses Wohnzimmer, aber es gefiel mir, mir gefiel das Sonnenlicht, das durch die Vorhänge fiel. In der Ecke stand ein Geschirrschrank, davor ein Tisch, bedeckt mit einem weißen Tuch. In einer Schale lagen Früchte, die man besser weggeräumt hätte; niemand würde dieses Obst noch essen.

Neben den Früchten stand eine zweite Schale, eine aus weißem Glas, gefüllt mit kleingehackten Zwiebeln, bestimmt ein ganzes Pfund. Auf einem Schemel am Fenster stand eine weitere Schale mit gehackten Zwiebeln, mehr noch als in der anderen. Diese beiden Gerüche füllten das Zimmer, der schwere, dumpfe Leichengeruch und der scharfe, säuerliche der gehackten Zwiebeln, der jenen vertreiben sollte.

Der Tote lag in einem Sarg aus schwarz lackiertem Holz. Der Sarg war mit goldenen Beschlägen versehen und mit rosa Tüll ausgeschlagen.

Sonnenlicht fiel auf das Gesicht der Leiche, die aussah, als sei sie für den Zirkus geschminkt. Die Augen lagen in violetten Gruben, die Haut unwirklich grün, Lippen, die schwarz schimmerten. Man hatte Paolo die Haare aus der Stirn gekämmt und pomadisiert, die geschwärzten Brauen verstärkten das vogelhafte Aussehen, und da sich das Fleisch vom Knochen zurückgezogen hatte, schien seine Hakennase größer, als ich sie in Erinnerung hatte. Der Mann, der in diesem Sarg seit vier Tagen auf sein Begräbnis wartete, war dürr und ausgezehrt, und daran war nicht der Tod schuld, schon der lebendige Mann musste mager gewesen sein und hinfällig, ein Greis, wenn auch ein früher.

Auf dem Tisch lagen Messkerzen; ich griff mir eine und hielt den Docht in die Flamme einer Kerze zu Füßen des Toten. Dann setzte ich mich.

Es war still, bis auf das ärgerliche Surren einer Fliege, die sich in den Gardinen verfangen hatte.

Totschlagen sollte ich sie, dachte ich, und erhob mich. Ich fand die Anwesenheit ihrer niederen Lebendigkeit dem Toten unwürdig. Der Sarg versperrte den Weg zu den Gardinen, ich kam nicht heran und setzte mich wieder.

Noch etwas störte mich, nämlich der Spannteppich. Ein gewöhnlicher, grauer Teppich war es, durchgetreten und fusselig. Er lag nackt, kein weiterer Teppich oder Läufer bedeckte ihn, nicht einmal unter den Sarg hatte man etwas ausgelegt, das Tragegestell drückte in den Teppich.

Damit würde gegen eine Sitte verstoßen, dachte ich, obwohl dies unsinnig war, es gibt kein Gesetz, auch kein ungeschriebenes, das vorschreibt, Tote nicht in Räumen auf einem nackten Spannteppich aufzubahren, nur schien es mir eben so. Ich fand es nachlässig, auch fürchtete ich, Leichensaft könnte austreten, durch den Sarg auf den Teppich tropfen. Ich weiß nicht, ob man sich in diesem Fall hätte entschließen können, den ganzen Teppich aus dem Zimmer zu reißen. Ich traute den Leuten, von denen ich dachte, sie würden Paolo beerdigen, dieses finanzielle Opfer nicht zu.

Mehr noch, als dass der Tote den Teppich beschmutzen könnte, fürchtete ich das Gegenteil, der Teppich könnte den Toten beschmutzen. Man weiß, wie staubig Teppiche sind und welcher Art die Kleintiere sind, die im Flor leben, Milben, Flöhe, Wanzen. Dieses Getier konnte dem Toten schaden, dessen war ich mir sicher. Gerade eine Leiche ist auf Hygiene angewiesen, schließlich kann sie sich gegen das Ungeziefer nicht zur Wehr setzen.

Ich fragte mich, wo die anderen Trauergäste waren. Ich hörte keine Stimmen, kein Gemurmel, nur ich war da mit dieser Leiche und der Fliege.

Auch über das Licht und die Gardinen machte ich mir Gedanken. Ob man die schweren, altrosafarbenen Nachtvorhänge erst nach Paolos Tod angebracht hatte? Sie waren farblich auf seinen Anzug abgestimmt. Wahrscheinlich, dachte ich, ist es umgekehrt, und man hat den Anzug auf die Gardinen abgestimmt, so rum ist es einfacher.

Da ging mir auf, dass dieser Gedanke unsinnig war.

Kein Mensch bei Verstand stimmt die Farbe des Totenhemdes mit den Gardinen ab.

Weshalb machte ich mir diese Gedanken?

Weil ich nicht an Paolo denken wollte.

Ich beschäftigte mich lieber mit der Frage, wer die Frau war, die mich empfangen hatte.

War sie Paolos Witwe?

Ich glaubte es nicht. Ihre Trauer hatte eher der einer Schwester geähnelt, stiller, würdiger, ohne die Wut einer Witwe.

Ich machte mir Gedanken zum Bild, das neben dem Geschirrschrank hing, eine nicht schlecht getroffene Ansicht der Krönungskathedrale von Reims. Man kauft diese Veduten den Malern von der Staffelei ab. Hatte Paolo Reims besucht? Er hatte nie etwas davon erzählt.

Dann hörte ich die Fliege wieder.

Diesmal klang ihr Surren befreit.

Ich suchte sie.

Sie kreiste über meinem Kopf.

Ich erhob mich und verlor sie aus den Augen. Auch das Surren verstummte.

Als ich sie das nächste Mal fand, saß die Fliege auf dem Kinn des Toten und putzte sich. Es war eine gewöhnliche Schmeißfliege mit grünem Hinterleib.

Ich trat an den Sarg.

Sachte hob ich meine Hände. Ich hielt sie als offene Falle über die Fliege, knapp über das Gesicht des Toten. Ich war nicht vorsichtig genug, ein Schatten fiel auf das wachsame Insekt.

Es flog nicht davon; vielmehr rannte die Fliege übers gepuderte Kinn, sie trippelte über die schwarzen Lippen der Leiche und verschwand im linken Nasenloch. Ich verharrte; mit den Händen über dem Leichengesicht glaubte ich, die Fliege werde wieder auftauchen; ich lauerte, ließ die Hände da, aber die Fliege erschien nicht, blieb verschwunden.

Ich weiß nicht, weshalb, aber ich hatte das Gefühl, nicht zurückzukönnen, und streckte meine rechte Hand aus. Ich musste die Fliege aufscheuchen.

Mit dem Zeigefinger tippte ich an die Nase der Leiche, sie war kalt wie Fensterglas, doch die Fliege ließ sich nicht blicken, auch nicht, nachdem ich ein zweites Mal, fester, an die Nase gestupst hatte.

Da wurde mir bewusst, dass es für die Fliege keinen Grund gab, das Nasenloch zu verlassen. Gemessen an ihren

Bedürfnissen war sie an einem guten Ort. Ich nahm meine Hand zurück. Die Leiche lag in ihrem Hemd mit Rüschchen in der Hitze des Zimmers und lächelte, als ob das Gekrabbel der Fliege sie kitzelte. Die beiden passten zusammen, wie Wirt und Gast, wie der Hirte und sein Hund. Ich fühlte mich ausgeschlossen, ich weiß nicht, weshalb, und mir wurde übel, nicht nur im Magen, ich fühlte mich elend im ganzen Körper.

Ich musste nach draußen, an die frische Luft. Rückwärts trat ich vom Sarg weg.

Dabei strauchelte ich über den Stuhl und fiel auf den grauen Teppich. Um ein Haar hätte ich den Sarg umgestoßen.

Bevor ich mich erheben konnte, stand die Frau neben mir.

Ich sah zuerst ihre schwarzen, flachen Schuhe, sie kamen mir scheu vor, mädchenhaft, nicht zu einer Frau von fünfzig Jahren passend. Dann griff sie mir unter die Arme und half mir auf die Beine.

Es ging ganz einfach, ich brauchte nichts zu tun. Sie zog mich aus dem Zimmer.

Wir standen im dunklen Korridor.

Da war es kühler, aber der Leichengeruch war auch hier deutlich zu riechen.

Was geschehen sei, fragte sie.

Nichts, antwortete ich, ich sei gestrauchelt. Sie nannte ihren Namen, Emilia, sie flüsterte ihn, aber meinen Namen sagte ich nicht.

Die Frau führte mich in die Küche. Die Rollläden waren heruntergelassen. Es war eng und dunkel. Über dem Tisch brannte eine funzelige orange Lampe. Wir setzten uns.

Sie fragte mich auf Französisch, wie ich zu Paolo gestanden habe.

Wir waren früher einmal Freunde, antwortete ich.

Emilia runzelte die Stirn. Bleibt man nicht für immer

Freunde, fragte sie. Sie lächelte. Ihre Zähne waren kleine Plättchen aus Perlmutt.

Ich kenne Paolo von der Missione Cattolica, sagte sie. Wir hatten einen Mahlzeitendienst. Ich habe das Gemüse gerüstet, er hat gekocht, und hinterher haben wir gemeinsam aufgeräumt. Wir hatten unseren gemeinsamen Haushalt da.

Die Frau strich sich durch die Haare. Ich fand, sie habe ein hübsches Gesicht. Sie war eine einfache Frau, aber ihr kleiner Mund gefiel mir. Sie fragte, ob ich mit ihr essen würde. Ich verstand nicht gleich.

Ich habe lange hier gesessen, sagte sie, in dieser Wohnung, mit dem armen Paolo. Seit heute früh, und auch gestern war ich den ganzen Tag da.

Sie sagte es mit einem Seufzen. Sie trat an den Herd. Unter einem Topf drehte sie die Herdplatte an. Ich bat um Wasser.

Ich habe gedacht, fuhr sie fort, während sie den Hahn aufdrehte, vielleicht käme jemand aus der alten Heimat, aus Rom. Ich hatte die Adresse eines Vetters und einer Halbschwester. Seine Eltern sind lange tot. Aber es ist keiner gekommen. Bloß Leute aus diesem Ort, der Pfarrer und die Frau aus dem Lebensmittelladen, wo er immer eingekauft hat, unten bei der Post. Ich wusste erst nicht, was ich mit der Leiche anfangen sollte. Wer ihn in Empfang nehmen würde, wer ihn begraben würde. Jetzt macht es der dortige Pfarrer, ich fürchte, er macht es nicht gerne. Am Telefon war er unwirsch, aber was hätte ich tun sollen?

Sie stellte das Wasser hin. Ich trank. Ich sollte die Hände waschen, dachte ich, ich sollte unbedingt die Hände waschen.

Paolo war ein guter Koch, sagte Emilia und trat wieder an den Herd. Alle haben ihn gemocht, besonders die alten Leute. Er saß oft bei ihnen, hörte sich ihre Sorgen an. Er hatte Zeit dafür; er war nicht verheiratet.

Emilia verstummte, rührte das Essen um.

Weshalb hatte er keine Frau, fragte ich.

Er wollte keine, antwortete sie.

Sie stand an die Spüle gelehnt, ich erkannte nur ihre Umrisse, so karg war das Licht in der Küche, und es war, als würde es von Minute zu Minute spärlicher. Ich hörte das Essen auf dem Herd kochen, aber ich roch es nicht.

Paolo war ein guter Mensch, hörte ich Emilia sprechen, doch mit der Zeit wurde er ein bisschen merkwürdig. Er vermisste seine alte Heimat. Er zog ja wegen einer alten Freundschaft hierher. Aber dieser Mensch enttäuschte ihn, er ließ sich verleugnen, und Paolo zog sich zurück. Dann wurde er krank. Er war lange krank, und er hat gekämpft, viel zu lange hat er gekämpft. Er wusste, er würde verlieren.

Sie hielt inne, schaute mich an.

Was macht es für einen Sinn zu kämpfen, wenn man weiß, am Ende verliert man doch?

Sie nahm aus dem Schrank zwei Teller und stellte sie auf den Tisch, legte Messer und Gabeln dazu.

Ich fand Paolo letzten Mittwochabend, sagte sie, in seinem Pyjama, es war noch hell draußen.

Ich schaute Emilia nicht an, betrachtete den Teller auf dem Tisch, und da hatte ich den seltsamen Eindruck, als ob Teller und Besteck mir gehörten. Auch das Glas, aus dem ich trank, gehörte mir, das Essen kochte in einem Topf, der die längste Zeit in meinem Besitz gewesen war, und selbst Emilia gehörte auf eine merkwürdige Weise mir; wie töricht, mein Eigentum verleugnet zu haben!

Emilia lachte hell auf, als ob sie sich an etwas Vergnügliches erinnert hätte.

Er war starrköpfig, kicherte sie. Ich habe ihn gefragt: Paolo, weshalb bist du so starrköpfig? Du bist ein wundervoller Koch, die Engel singen von deinen Künsten, aber mit deiner Sturheit verspielst du deinen Platz im Paradies.

Emilia hob den Deckel vom Topf. Sie nahm meinen Teller,

füllte eine Kelle auf und sagte: Niemand wird jünger, auch du nicht. Weshalb willst du als Einsiedler leben? Was hast du davon? Kein Mensch ist eine Insel. Du hörst mich nicht, du siehst mich nicht an. Gefalle ich dir nicht? Ich bin eine Frau, immerhin bin ich eine Frau. Du bist ein kranker Mann. Ich könnte für dich sorgen. Du isst kaum. Ich würde dafür sorgen, dass es dir gut geht. Weshalb sagst du nichts? Sag etwas!

Es war still in der Küche.

Meine Liebe wird dich nicht binden, sagte sie.

Sie stellte mir den Teller hin. Es gab Kaninchen mit Mais und brauner Soße, die über den Tellerrand schwappte. Das Essen roch nach Salz und Rosmarin. Ich putzte mit dem Finger die Soße vom Tisch.

Ich sollte die Hände waschen, dachte ich und leckte die Soße vom Finger.

Emilia murmelte ein Tischgebet. Bevor sie selbst zu essen begann, forderte sie mich mit einem Nicken auf, ebenfalls zuzugreifen. Das Fleisch bedrängte mich, ich sah den toten Paolo, roch den Leichengeruch, ohne ihn wirklich zu riechen, das Kaninchen roch plötzlich nach der Leiche, die blasse, einfältige Emilia aß, und ich hatte das Gefühl, ich müsse augenblicklich aus dieser Küche, aus dieser Wohnung verschwinden.

Ich werde jetzt besser gehen, sagte ich und schob den Teller von mir.

Emilia hob ihren Kopf.

Aber Sie haben nichts gegessen, sagte sie erstaunt.

Ich kann dieses Kaninchen nicht essen, erwiderte ich.

Es ist gutes Fleisch, sagte Emilia.

Das weiß ich, sagte ich, aber es geht nicht.

Ich hatte Mitleid mit ihr. Wenn ich jetzt ginge, würde sie wieder alleine sein, und ich hatte das Verlangen, etwas dazulassen. Ich griff nach der Börse, um ihr einen großen Schein zu geben, aber Emilia nahm das Geld nicht, sondern erhob sich, und dann machte sie eine Bewegung, als wische sie nicht nur meine Hand mit dem Geld weg, sondern alles, weswegen ich gekommen war. Sie wischte mit dieser Bewegung alle guten und alle erlogenen Gründe weg, meine ganze Person wischte sie weg.

Sie stieß mich aus der Küche in den Gang, stumm, ruhig, ohne Wut, so wie man eine Kiste aus der Wohnung stößt.

Ich hörte, wie hinter mir die Tür ins Schloss fiel, und dann stand ich auf der Straße und machte mich auf den Weg zurück ins Hotel. In den Wiesen zirpten die Grillen. Der Mond war aufgegangen. Er war dreiviertel leer und nannte mich einen Tölpel, auf dem ganzen Weg durch das Dorf höhnte er, verspottete mich und meinen Schatten, der vor mir auf die Straße fiel.

Erst im Hotel, nachdem ich die Läden geschlossen und den Vorhang zugezogen hatte, war es wieder ruhig.

Ich legte mich hin. Ich fand keinen Schlaf. Ich wünschte mir einen Sonnenstrahl herbei. Diesmal funktionierte die Phantasie, und ich verdampfte.

Montag war schönes Wetter.

Ich war spät am Morgen erwacht, aber ich fühlte mich, als hätte ich keine Minute geschlafen. Wahrscheinlich wäre es vernünftiger gewesen, ich hätte vor der langen Fahrt in die Casa Fiori gefrühstückt, aber ich wollte nicht, ich wollte nicht essen.

Bis Mittag trödelte ich herum. Erst als die Frau an die Tür klopfte und wissen wollte, ob ich eine weitere Nacht bliebe, packte ich meine Sachen zusammen, beglich die Rechnung und machte mich auf den Weg. Ich fuhr denselben Weg zurück, die steile Straße hinunter, durch die Dörfer, an den Kirchen vorbei, wandte mich nicht den Seen zu, sondern fuhr in den Süden, immer weiter in Richtung der Berge.

Ich fuhr in die Berge hinein, ich fuhr durch die Berge. Zuerst fuhr ich durch ein Tal und dann durch endlose Reihen von Pappeln, die den Wind von der Straße hielten. Am Fluss, längs der Strömung, lagen die Fußballfelder und Gastanks. Ich fuhr dem Fluss entgegen.

Ich fuhr durch alte Wälder, durch Silbereschen und Weiden, darüber flogen Flugzeuge, die ich nicht hören konnte.

Die Berge zeigten sich mir vollständig; ich sah die Stelle, wo sie den Talboden berührten, und ich sah die Stelle, wo sie an den Himmel stießen. Dort schimmerte weiß der Schnee.

Es war sehr hell in diesem Tal.

Überall war Kupfer angebracht, helles, beinahe weißes Kupfer, auf den Dächern, an den Zisternen, den Starkstromleitungen. Darin erkannte ich den Reichtum, im Kupfer, weniger in den Dörfern und Städten, die mir blass erschienen. Nur manchmal leuchtete eine Tankstelle gelb oder rot.

Die Straßen in jenen Ortschaften waren verstopft, denn es

war Montag, unruhig der Verkehr, die Leute gingen aufgeschreckt und schon wieder müde, träge von der Sonne, die ihnen um diese Zeit keinen Schatten ließ.

Nichts davon drang in meinen Wagen, noch war ich in Sicherheit.

Irgendwann, nach Kavernen und Fahrzeugparks, nahm ich eine Straße, die mitten über den Berg gelegt war, neu und schwarz war und vom ersten Augenblick den Zoll ankündigte, als wollte sie damit dem Reisenden drohen. Bald kam ich dahin, wo ich den Schnee gesehen hatte, an den Rand des Himmels. Es wurde noch heller, aber in den Galerien lagen Schatten, die mich blöde machten, solange ich wieder aus ihnen auftauchen musste. Ich ritt durch diese kühlen gekachelten Höllen und vermutete alten Schnee neben dem Ausstellplatz, aber nur ein kanalisierter Bach tropfte aus einem Rohr, und wo er auf den Asphalt lief, glänzte er weiß.

Ich schlief ein in dieser Gegend. Ich träumte die Wirklichkeit, alles, was war und was sein könnte, träumte ich und konnte es anfassen, ohne dass es mir gleich wieder entglitten wäre. Ich hatte keine Angst, weshalb auch, es gab nichts, das ich nicht verlassen konnte. Dort wäre ich gerne geblieben, aber die Sonne schien mir ins Gesicht, und ich musste weiter, ich hatte keine Wahl. Links und rechts waren dasselbe, und Umkehr war nicht möglich.

Gegen die nächste Grenze hin, gegen Italien, auf der Rückseite der Berge, wurde es besser, leichter, obgleich die Schatten blieben und ich begann, die Unterschiede zu sehen und ihre Schönheit zu fürchten. Es gab winzige Dörfer, sie waren zwischen die Straße, den Berg und das Gletscherwasser gehängt. An den Tankstellen standen in Schlangen Fiats. Man lebte hier von den Italienern, vom Benzin, das man ihnen verkaufte. Die Energie war also jenseits der Grenze; im Zipfel Italien, den ich zu durchqueren hatte. Der italienische Zöllner fragte nach dem Ziel meiner Reise. Ich zögerte zu lange mit der Antwort. Er hieß mich aussteigen. Mit einem Kollegen durchsuchte er den Wagen. Sie öffneten das Handschuhfach und durchwühlten die Sachen in meinem Koffer. Es kümmerte mich nicht. Weil sie nichts fanden, ließen sie mich weiterfahren. Die Straße wurde schlechter, der Verkehr unruhiger, ich sah Industrie und Gewerbehallen und kleine Motorräder, die wie Wespen um meinen Wagen schwirrten. Ich war abgelenkt und später erstaunt, an einer Straße wie dieser auf eine solche Kirche zu treffen, Kirche *Vom Blut Unserer Unbefleckten Maria*. An jener Stelle war die Straße dem Tal ausgesetzt, aber bald danach verzog sie sich zwischen Tannen und Kastanienbäumen. Dort war es grün und schattig und ich folgte dem Fluss, es war jetzt ein anderer als vorher, und wo er verzweigte, da kehrte ich in die Schweiz zurück, was mich unruhig und traurig werden ließ. Dies lag nicht am Land selbst, auch wenn der See traurig schien in seinem dunstigen Dämmerschlaf, traurig war nur, dass ich nicht anders konnte, als die Straße in die Berge zu nehmen, weiter in Gegenden, wo der Schutt weggeräumt wurde und die Schilder wieder rostfrei waren; der Himmel wurde enger mit jedem Kilometer, ich fuhr an Gärten vorbei, vorbei an eleganten und toten Häusern, vorbei an Pinien, an importierten Palmen, lächerliche Verkörperungen einer Sehnsucht nach dem Süden.

Auch vor dem weißen Haus am Ende der steilen Straße, nach einer weiteren Stunde Fahrt, standen Palmen. Es waren Chimären, Abbild eines Begehrens, das ich nicht mehr spürte.

Als ich aus der unbewegten Hitze des Wagens stieg, erschrak ich. Der Wind, der abends von den Bergen hinunter ins Tal fällt, blies mir ins Gesicht.

Ich trat durch das Tor. In schmiedeeisernen Lettern war ein Name eingelassen, Casa Fiori. Ich umging das Haus auf seiner rechten Seite. Der Blick weitete sich zu einer Rundsicht auf die Berge. Ich hörte Gelächter, und ich betrat die Veranda.

Sie hatten mich nicht erwartet, und als sie mich sahen, freuten sie sich nicht. Vielleicht hatten sie sich gefreut, irgendeinmal nachmittags, als sie im Garten gesessen hatten, gelangweilt in Zeitschriften blätternd, Eistee aus dem Beutel getrunken und sich dabei an meine Limonade erinnert hatten.

Die Limonade hatte ihnen nicht besonders geschmeckt. Sie hatten es einfach hübsch gefunden, mich in der Küche Zitronen schneiden und Eiswürfel rühren zu sehen. Ich tat so etwas nie, und jede vom Alltag abweichende Tätigkeit erinnerte sie daran, tatsächlich in den Ferien zu sein.

Vielleicht hatte es etwas wegzuschaffen gegeben, wie damals, vor Jahren, als Sonja, ein kleines Kind noch, auf den halb verwesten Dachs gestoßen war und niemand außer mir das Tier von der Veranda hatte wegräumen mögen. Ich hatte den Kadaver in eine Mülltüte gepackt und vor das Haus gestellt; ich kann mir all dies vorstellen, und ich billige ihnen zu, in diesen Momenten reinen Herzens an mich gedacht zu haben, mich wirklich ersehnt zu haben, aber als ich am frühen Abend mit den Koffern die Veranda der Casa Fiori betrat, freuten sie sich nicht.

Dann stand Sonja vom Tisch auf. Sie rannte auf mich zu. Sie hängte sich mir an den Hals. Sie küsste mich. Sie zog an meinen Ohren. Sie knirschte mit den Zähnen. Sie beschwerte sich über meine Abwesenheit. Ich war überrascht, wie sie das Heucheln beherrschte. Ich zwickte Sonja in den Nacken, sie schrie leise, hob die Schultern und legte den Kopf zurück. Sie erstarrte wie ein Kätzchen. Ich hielt sie fest, Sonja hielt den Mund geöffnet, schrie stumm, so, wie es unser Ritual vorsah.

Der Junge, der hinter ihr aufgestanden war, betrachtete uns. Er blieb ruhig, lächelte und betrachtete Sonja ohne Regung. Sonja löste sich aus meiner Hand und machte einen

Schritt zurück. Sie schimpfte und nannte mich grob. Meine Hand sei kalt wie Eis.

Ich spürte, wie aufgeregt sie war. Ihr Zittern war mir vertraut; und es befriedigte etwas in mir. Dieses Beben hat sie von mir, nicht von ihrer Mutter.

Sie stellte mir den Jungen vor, David war sein Name.

Er reichte mir die Hand, artig und scheu, aber seine Hand war riesig, viel größer als meine. Ich erkannte auf den ersten Blick, dass Sonjas neuer Freund aus der Provinz stammte. Er war kein Junge aus der Stadt. Er war kräftig, größer als ich, sogar größer als Sonja, und sein Gesicht glänzte wie ein polierter Apfel. Ich wusste, was Sonja an ihm gefiel. Sie hat von ihrer Mutter einen Snobismus für das Unverfälschte geerbt, und ein Bursche mit breiten Schultern und blonden Locken war für eine Sommerromanze der Richtige.

Ich fragte ihn, was er mache. Er verstand nicht. Womit er seinen Lebensunterhalt verdiene. Er gehe noch zur Schule. Ob es ihm hier gefiele. Natürlich, sagte er, das Haus ist eine Wucht. Was er in den zwei Wochen unternehmen wolle.

Ich will mir die Schlucht ansehen, oben beim Pass, sagte er. Ich habe gehört, sie sei wie ein Riss in der Erde.

Dann blickte er Sonja an.

Aber Ihre Tochter will nicht, sagte er. Sie ist zu faul.

Sonja protestierte und gab David einen Klaps. Sie neckten sich, und dann meinte Sonja in meine Richtung: Geh du mit ihm.

Ich wusste nicht, was ich sagen sollte. Ich mochte mit diesem Burschen nirgendwo hinfahren. Sonja musste wissen, wie mir diese Schlucht zuwider war. Sie war nie mitgekommen, aber Danielle und ich waren jeden Sommer hinaufgestiegen. Wir behaupteten, dort Entspannung zu finden. Wir behaupteten, die blau gekochten Eier, die getrockneten und gekümmelten Würste, die wir als Proviant mitnahmen, zu lieben. Wenn man uns danach fragte, was wir an der Bergwelt liebten, so antworteten wir, es sei die Begegnung mit der Natur. Das war eine Lüge. In Wahrheit langweilten uns diese Wanderungen erbärmlich. Heute weiß ich, dass der einzige Trost, den wir in den Bergen fanden, darin bestand, nach der Heimkehr auf eine Weise körperlich erschöpft zu sein, die uns erlaubte, einen Abend lang nicht miteinander zu sprechen.

Sonja und David erwarteten eine Antwort, ich schwieg, denn ich konnte mich nicht konzentrieren. Danielle war da. Sie schaute uns vom Tisch aus zu. Sie trug ein Kleid aus hellem Leinen, so wie sie es liebt, edel und unscheinbar, und sie trug zu meinem Erstaunen keine Schuhe. Ich fragte mich, weshalb sie dem Fußboden erlaubte, ihre kostbare Haut zu berühren, aber da sah ich, dass ihre Füße Schuhen gleich waren. Danielles Füße waren genäht, geleimt und in Form gebracht, die Füße waren wie aus einer Form gegossen, und das Wesentliche würde sie nicht berühren.

Wir bewegten uns, ich weiß nicht, wer zuerst. Wir küssten uns auf die Wange. Sie roch, wie sie immer riecht, unverändert seit jenem Tag, an dem ich Danielle zum ersten Mal sah und an den ich mich deutlich erinnere, ob ich will oder nicht. Der Duft gibt vor, frisch zu sein. Er ahmt Rosengeruch nach, aber die Rosen sind längst verwelkt, in der Vase sind sie verfault.

Willkommen, sagte Danielle.

Ich nickte.

Du bist blass, sagte sie, geht es dir nicht gut?

Die Fahrt war lang, antwortete ich.

Ich sah in ihr Gesicht, das lasierte Gesicht einer Tonfigur. Es wird unverändert bleiben, bis das Alter es endgültig zerbrechen wird. In mir ist keine Liebe, dachte ich. Hinter Danielle breitete sich die Rundsicht mit den dürren Bergen aus, Wälder in Fetzen wie das Fell eines alten Büffels.

Ich erinnere mich nicht, was in den darauf folgenden

Sekunden geschah. Sonja wird wohl den Mund verzogen haben, wie immer, wenn sie Zeugin unserer, Danielles und meiner, gegenseitigen Verachtung wird. Was David tat und wie er aussah, weiß ich nicht. Ich beachtete ihn nicht. Vielleicht trat er an den Grill, der in der Ecke bullerte, vielleicht wendete er die Fleischstücke, es hätte zu ihm gepasst, aber tatsächlich weiß ich es nicht.

Ich erinnere mich jedoch an eine kleine Aufregung. Sie entstand, weil Sonja wissen wollte, wo der Hund geblieben sei. Ich antwortete, ich hätte ihn bei einer Freundin gelassen. Sonja verstand nicht, auch Danielle verstand nicht, und ich zögerte zuerst, aber dann ließ ich die beiden wissen, dass sie keine meiner Freundinnen sei, sondern eine Hundefreundin, die sich gegen einen kleinen Betrag um Haustiere kümmerte. Ich sah den beiden die Erleichterung an, sie währte nur kurz, dann begann mir Sonja Vorwürfe zu machen. Sie sagte: Wie kommst du dazu, einer fremden Frau unseren Hund zu überlassen?

Diese Frage brachte mich etwas in Schwierigkeiten. Ich konnte nicht sagen, wie ich dazu gekommen war. Er war mir lästig gewesen. Seine treuen Augen, sein ewig gutmütiges Wesen hatten an meinen Nerven gezerrt, das heißt, nicht die treuen Augen und das gutmütige Wesen selbst, vielmehr die Erinnerung, die sie auslösten, die Erinnerung an jenen Ferientag in Südspanien, an dem er uns am Strand zugelaufen war und wir, Sonja, Danielle und ich, uns von seiner Freundlichkeit und der struppigen Gestalt hatten berühren lassen.

Jede Erinnerung an diese Tage der Verbundenheit ist mir eine Last. Das fürchterlichste ist die Erinnerung. Sie hindert einen Menschen nach seinem Willen zu leben.

Das war der Grund gewesen, aber das konnte ich nicht sagen. Deshalb schwieg ich, und irgendwann wandten sie sich wieder dem Essen zu.

Der Grill bullerte.

Ich trank bloß Wasser.

Sie legten sich Kartoffeln in den Mund, als erhofften sie sich davon die Errettung vor der Verdammnis, als enthielten diese hellgelben Knollen und die ölige Soße die Gnade, die einen vor dem Tod bewahrt oder einem wenigstens Aufschub gab, solange das Essen in den Mägen lag. Sie verrichteten etwas Wesentliches, eine Notdurft, vor meinen Augen. Und sie schämten sich nicht dafür. Sie aßen Schweinefleisch mit dicken Fetträndern, sie schmierten Senf darauf, sie pickten sich eingelegte Auberginen aus dem flachen Teller. Sie zerknackten Essiggurken zwischen den Zähnen. Sie waren schamlos und lüstern, ich fand sie elend in ihrem Begehren nach Lebendigkeit.

Ich wollte es nicht sehen.

Ich stand wortlos von meinem Stuhl auf, ging in den Garten.

Es hat in diesem Jahr wenig geregnet. Der Boden war trocken, unter meinem Schritt stob Staub auf. Der Gärtner hatte sich rar gemacht, die Hecken waren ungeschnitten, darunter lagen Steine, die der Frost an die Oberfläche getrieben hatten, nur der Agave ging es gut, aber ich konnte mich nicht darüber freuen.

Ich senkte meinen Blick hinunter in die Ebene, auf die Lichter, die in immer größerer Zahl angingen. Es war ein friedlicher Anblick, keine Menschen störten das Bild. Der See ruhte, und ich verspürte Lust zu schwimmen.

Im Haus war es dämmrig und kühl, und im Schlafzimmer im ersten Stock lag auf der Ablage Danielles Kleinkram, der Fotoapparat, ein Buch, ihr Sonnenöl. Die Betten waren auseinander geschoben. Das rechte unter dem Fenster, auf dem ich früher immer geschlafen hatte, war nicht bezogen, ein gefaltetes Laken und frische Bezüge lagen auf der nackten Matratze.

Ich zögerte einen Augenblick. Schließlich stellte ich die

Koffer ab und stieg die Treppe wieder hinunter, verließ das Haus durch die Vordertür und holte einen Liegestuhl aus der Garage. Von ihm wischte ich den Staub ab, und dann trug ich ihn unters Dach.

Dort gab es unter der Lukarne einen Winkel, wohin sich der Hund oft verzogen hatte. Hier würde ich die nächsten Tage in Ruhe verbringen können, ich würde vor Danielle sicher sein, aber ich musste mich beeilen.

Es roch streng nach dem Tier. Ich packte die verhaarten, filzigen Decken in eine Mülltüte und klappte den Liegestuhl auf.

Jetzt fehlten noch die Decke und das Kissen. Die musste ich im Schlafzimmer holen.

Am Treppenansatz spähte ich durch die Staketen hindurch in den unteren Stock. Da ich niemanden erkennen konnte und keine Geräusche vernahm, nahm ich meinen Mut zusammen und stieg hinunter.

Leider hatte ich mich getäuscht.

Ich lief Danielle geradewegs in die Arme. Sie war dabei, das Bett unter dem Fenster mit dem frischen Laken zu beziehen. Sie drehte sich um und meinte, sie habe zwischen unseren Betten etwas Platz gemacht.

Damit wir uns nicht auf die Füße treten, sagte sie und lächelte betreten.

Ich will bloß ein Kissen nehmen, entgegnete ich. Ich habe auf dem Dachboden ein Bett eingerichtet.

Danielle hielt inne.

Unter dem Dach wird es in dieser Zeit viel zu heiß und ich fürchte, es gibt Flöhe in diesen Decken, die wir dem Hund gelassen haben.

Ich habe sie weggeräumt, sagte ich.

Das ist lieb von dir, sagte Danielle und lächelte mich an.

Lange setzte ich mich zur Wehr, aber leider hielt ich Danielles Blick trotzdem nicht stand, sosehr ich mich bemühte.

Danielle fing mich so, wie sie mich immer fängt. Ich weiß nicht, wie sie es anstellt, kenne den Trick nicht, mit dem sie mich immer wieder in die Knie zwingt. Es muss ein Zauber sein, ich tue, was immer sie will. Ich weiß nur, ich war nicht stark genug und musste unters Dach steigen und meine Koffer holen.

Ich brachte den Liegestuhl zurück in die Garage und stellte die Mülltüte mit der Decke an die Straße.

Alleine im Schlafzimmer, räumte ich die Koffer aus. Es waren zwar neue Koffer, und sie enthielten Kleider, die ich erst letzte Woche gekauft habe, doch ich werde alt und auch meine Kleider werden alt und es nützt nichts, neue zu kaufen, auch die neuen sind schon alt.

Ich setzte mich aufs Bett. Ich fühlte mich elend. Mein Herz pochte. Ich fürchtete mich, als schwebte ich in Gefahr, und eine innere Stimme riet zu Ruhe und Wachsamkeit.

Kein Mensch kennt sie besser als ich, jammerte es in mir, warum nur, wenn in mir kein Körnchen Liebe übrig ist!

Ich liebte Danielle nicht mehr, aber das nützte mir nichts.

Was sollte ich tun?

Ich beschloss, schwimmen zu gehen.

Ich schrieb einen Zettel, den ich aufs Bett legte. So verließ ich das Haus, ohne jemanden anzutreffen.

In der Dämmerung fuhr ich an den See. Es war ein wundervoller, blauer Abend. Die Gärten quollen über von Azaleen und Bougainvilleen, Rasensprenger zauberten Regenbogen in den Himmel. Reiche junge Leute fuhren mit offenem Verdeck spazieren, die Bergstraße hinauf und hinunter.

Beim Casino ließ ich den Wagen stehen. Ich hielt mich links und ging auf den See zu, an den Uferanlagen entlang. Ich ging weiter bis zum Hafen. Dort zog ich mich aus. Ich schwamm, bis die Nacht kam. Ich tauchte in die Schwärze des Wassers, legte mich im Badezeug auf den Landungssteg.

Wenn sich ein Tropfen an die Wimper hängte, gerannen die Lichter am jenseitigen Ufer zu einem goldenen Schleier. Ich hörte das Gemurmel der Spaziergänger an der Uferpromenade, begann bald zu frieren.

Dann kleidete ich mich an, fuhr zurück.

Ich fuhr an der Casa Fiori vorbei und hielt den Wagen hinter der übernächsten Serpentine, an der Bushaltestelle. Es ging gegen Mitternacht. Im ersten Stock der Fiori brannte Licht. Ich stellte die Sitzlehne schräg und schaute in den Sternenhimmel.

Als im ersten Stock das Licht erlosch, wartete ich eine weitere halbe Stunde.

Erst dann fuhr ich zurück. Im Haus war alles still.

Ich zog mich im Bad aus und schlich mich ins Schlafzimmer.

Der Mond erhellte Danielles Gesicht, es sah aus wie eine Maske aus Gips. Ihr Atem ging schwer und regelmäßig, aber ich konnte mich nicht darauf verlassen, allzu leicht ist ihr Schlaf.

Ich legte mich so leise wie möglich hin, die alten Federn quietschten gleichwohl. Danielle murmelte darauf etwas Halbverständliches, etwas wie: Bist du es, Lieber, oder: Endlich bist du da. Ich erkannte, dass sie schlief. Ich musste ihr nicht antworten. Und tatsächlich blieb es auch still.

An Schlaf war allerdings nicht zu denken. Ich fürchtete, Danielle könnte sich mitten in der Nacht zu mir legen. Was dann geschehen würde, mochte ich mir nicht ausmalen, aber ihre Lippen konnte ich deutlich fühlen, ebenso ihre drängende Hand, die sich so gerne über alles hinwegsetzt.

Ich roch sie, roch Danielles süßlichen Rosenduft, der zu ihr gehörte, aber nicht eigen war, und ich fühlte mich wie in den Nächten im Seegarten, als ich gewusst hatte, was für mich zu tun war, es auszuführen mich jedoch nicht traute und warten musste.

Wieder lag ich mit dieser Frau in einem Zimmer.

Keinen Schritt war ich vorangekommen.

Manchmal schlief ich ein. Traumfetzen zogen dann durch meinen Kopf, Bilder, in denen eifrige Bewegung herrschte und die nicht zu deuten waren. Im nächsten Augenblick schreckte ich auf, zurück in das mondhelle Zimmer, und lag wieder wach. Mir blieb nichts, als mich in Geduld zu üben und zur Zerstreuung in Gedanken das Zimmer auszumessen.

Die Stunde vor Tagesanbruch tröstete mich mit ihrer vollkommenen Dunkelheit. Der Mond war untergegangen, und die Finsternis, die ins Schlafzimmer drang, beruhigte mein Wachen, erfrischte mich wie das kühle Wasser des Sees.

Vor dem Fenster breitete sich die Dämmerung aus. Bevor das Licht ihn Blau färbte, stand der Himmel im monotonsten Grau. Vögel zogen vorbei. Die Frühe des Tages bedrückte mich.

Aus dem Grau, in das sie verschwanden, tauchte eine Federwolke auf. Das zunehmende Sonnenlicht vergoldete die Ränder.

Danielle, das Kissen im Nacken, den Kopf weit zurückgelegt, lag mit offenem Mund. Ihr Hals war frei, ich hörte sie kaum atmen. Es kostete mich nicht viel, sie tot zu sehen. Wenn sie immer so still bliebe, könnte ich sie wieder lieben. Ich verschränkte meine Hände unter der Decke. Sie waren feucht. Ich drückte sie, so fest ich konnte; ich wollte wissen, wie viel Kraft ich hatte. Eine Sekunde rang ich, dann stand ich auf und war über Danielle. Im Zimmer war es ziemlich hell. Ich sah in Danielles offenen Mund, sah ihre belegte Zunge, die Zähne, und dann drang ein Röcheln aus ihrem Rachen. Es klang, als werde ihr die Luft abgedrückt. Danielle hustete, schmatzte, schloss den Mund, stöhnte leise und drehte sich zur Seite. Ich blieb eine Weile stehen, dann schlüpfte ich zurück ins Bett.

Heute, an meinem ersten Ferientag, bin ich mit Danielle nach Veredo gefahren, und das war eine Dummheit.

Obwohl ich mir vorgenommen hatte, es nicht zu tun, muss ich eingeschlafen sein, denn als ich erwachte, war es hell. Ich sah dem Licht an, dass der Morgen alt war.

Danielles Bett war leer, die Decke gestrafft, die Kissen waren aufgeschüttelt, sie hatte das Bett gemacht, und ich Dummkopf hatte geschlafen. Sie hatte mich bestimmt betrachtet, vielleicht sogar mein Kissen oder die Decke gerichtet.

Ich ärgerte mich über meine Sorglosigkeit.

Weiß der Himmel, was sie alles mit mir angestellt hat!

Ich stand auf und ging unter die Dusche, das kalte Wasser, dachte ich, würde mich erfrischen, aber es hielt nur an, bis ich abgetrocknet war und den Bademantel angezogen hatte, dann fiel ich zurück in die taube, leicht schmerzhafte Trägheit, die wenig Schlaf begleitet.

Immerhin hatte ich heute keine Verpflichtungen. Ich freute mich darauf, im Bademantel auf der Veranda zu sitzen, einen Kaffee zu trinken und die Zeitung zu lesen.

Erst auf der Treppe kam mir der Gedanke, dass der Bademantel wenig Schutz bot. Der knielange hellblaue Frottee verlieh nicht genügend Respekt. Das war ein Problem, zumal nicht nur Danielle und Sonja auf der Veranda zu erwarten waren, sondern auch dieser Junge, David.

Deshalb stieg ich die Treppe wieder hoch. Im Schlafzimmer zog ich die Anzughose und das alte Hemd an, dazu band ich eine Krawatte um.

Auf der Veranda fand ich niemanden, weder Danielle noch die Kinder. Auch im Garten war keiner, alles war ruhig.

Auf dem Tisch standen eine Thermoskanne und ein Korb mit frischen Brötchen. Die Tasse beschwerte einen Zettel:

Wir sind am See. Wir wollten nicht warten. Bis heute Abend, du Siebenschläfer!

Es war Sonjas Schrift. Sie waren weg, ich war alleine.

Ich setzte mich hin, goss Kaffee ein und atmete durch.

Ich betrachtete die Brötchen, ich fand es erstaunlich, in welchem Maße mich diese einfachen Brötchen anwiderten. Wenn ich nicht bald Appetit entwickeln würde, musste ich über kurz oder lang verhungern.

Ich erinnerte mich der Gesundheitsfibel, die im Salon im Regal stand.

Unter dem Eintrag *Die menschliche Ernährung* war zu lesen: *Ein Mensch kann, genügend Fettreserven vorausgesetzt, dreißig Tage fasten. Anschließend stirbt er.*

Genügend Fettreserven, was die Ärzte damit meinten? Bestimmt gingen sie von beleibteren Menschen aus, ich hatte nur wenig Fettreserven, aber wenn ich sparsam mit ihnen umging und mich keinen unnötigen Anstrengungen aussetzte, konnte ich mit schätzungsweise einundzwanzig Tagen rechnen. Dies erfüllte mich mit Zuversicht.

Ich stellte die Fibel ins Regal und ging zurück auf die Veranda.

Der See war gesprenkelt mit weißen Segeln. Ich konnte die ganze Promenade sehen, bis hinunter zum Hafen, wo ich am Abend meine Schwimmzüge gemacht hatte. Irgendwo dort waren Danielle und die Kinder. Einer der rosafarbenen Flecke auf dem grünen Geviert neben den Passagierschiffen war Danielle. Es war gut, sie so weit entfernt zu wissen.

Dann hatte ich eine Idee. Weshalb, sagte ich mir, steigst du nicht wieder in den Bademantel? Du hast die Casa Fiori für dich alleine, und immerhin bist du im Urlaub.

Noch zögerte ich, nahm einen Schluck Kaffee und stand dann plötzlich vom Tisch auf. Ich hüpfte beinahe die Treppe hinauf.

Ich gab mir keine Mühe, die Kleider ordentlich zusammenzulegen, warf Hose und Hemd auf einen Haufen und schlüpfte in den Bademantel. Er war unangenehm feucht, aber an der Sonne würde er bald trocknen. Den ganzen Tag wollte ich mich in die Sonne legen und nahm mir vor, den Frottee bis zum Abend nicht auszuziehen.

Ich fühlte mich gut. Ich tat, wozu ich Lust hatte.

Als Nächstes hatte ich Lust auf eine weitere Tasse Kaffee.

Also ging ich zurück auf die Veranda.

Dort stand Danielle und goss die Begonien.

Sie bemerkte meinen Schrecken, stellte die Gießkanne auf den Sims und fragte, weshalb ich erblasse.

Ich dachte, ich sei alleine, gab ich zur Antwort. Ich dachte, ihr wäret an den See.

Ich zeigte auf den Zettel.

Die Kinder sind alleine los, lächelte Danielle. Die Verliebten sollen ungestört sein.

Sie fuhr fort, den Blumen Wasser zu geben.

Hast du dir für heute etwas vorgenommen?, fragte sie beiläufig.

Ich wollte mich auf die Veranda setzen und lesen, antwortete ich, und sie musste natürlich wissen, mit welcher Lektüre ich mich gerade beschäftigte.

Was sollte ich sagen? Ich hatte keine Bücher dabei. Seit einiger Zeit lese ich nicht, in allen Büchern steht dasselbe. Ein Mensch erlebt etwas, das er in seinem Leben noch nie erlebt hat, und dies macht ihn entweder glücklich oder es macht ihn krank und bringt ihn um. Ich erkenne mich in diesen Geschichten nicht. Das wirkliche Leben ist nicht so. In Wahrheit geschieht nie etwas, alles ist eine Abfolge der immergleichen Ereignisse, und am Ende wartet nur der Tod, und dahinter ist nichts.

Ich sagte Danielle, ich würde aus dem Regal im Salon einen alten Roman nehmen. Sie nickte und musterte mich von oben bis unten.

Es geht gegen Mittag, sagte sie, willst du dich nicht anziehen?

Ich bin im Urlaub, erwiderte ich.

Sie ging nicht darauf ein und räumte Kanne und Tasse ab und verschwand in die Küche.

Ich setzte mich an den leeren Tisch.

Ich fragte mich, was ich nun tun sollte. Den Kaffee hatte sie mir weggenommen und ich wusste, wenn sie aus der Küche zurückkommen würde, würde sie mich fragen, ob ich mit nach Veredo fahre, und ich wollte auf keinen Fall nach Veredo fahren, unter keinen Umständen.

Ich sah auf den See hinunter, er war unverändert wie dieser wundervolle Tag, die Sonne war genauso golden, der Himmel nicht eine Spur weniger blau als vorhin. Aber eben war alles ein Versprechen gewesen, und jetzt gehörte mir davon nichts mehr.

Ich spielte mit dem Gedanken zu fliehen.

Aber wohin? Es gab keinen Ort für mich.

Danielle kam zurück auf die Veranda.

Weißt du, sagte sie und fuhr sich verlegen durch die Haare, ich habe mir gedacht, wir sollten hinunter nach Veredo fahren. Sie zeigen Bilder, die ich gerne ansehen möchte. Wir sind vor dem Nachtessen zurück, und es bleibt immer noch Zeit zu lesen. Was hältst du davon?

Oh, ich hasste sie, aber es war besser, wenn ich schwieg, und eine Viertelstunde später saßen wir in meinem Wagen und fuhren auf der Straße nach Veredo. Danielle genoss die Fahrt sichtlich. Sie fuhr mit offenem Fenster und hielt die Hand in den Fahrtwind. Sie trug ein schlichtes, grünes Kleid, von dem ich das Gefühl hatte, sie habe es ausgesucht, um den Männern zu gefallen.

Dann geschah etwas Seltsames. Früher, als Danielle und ich uns noch Zärtlichkeiten schuldeten, legte sie manchmal ihre Hand auf meine, wenn ich diese auf dem Schaltknüppel liegen ließ. Es hatte sich um eine Geste der Verbundenheit gehandelt, wenigstens habe ich das bis heute geglaubt. Denn heute, auf unserer Fahrt nach Veredo, tat sie es wieder, sie legte ihre kühle Hand auf meine, und ich gebe zu, dass ich erschrak. Weshalb tat sie das?

Aus alter Gewohnheit, dachte ich zuerst, sie ist mit ihren Gedanken anderswo, gleich wird sie es bemerken und die Hand wegnehmen. Aber dies geschah nicht, im Gegenteil, sie begann, meine Hand zu streicheln. Wir fuhren am See entlang, durch die Fischerdörfer, durch Blumengärten, unter Zedern und Palmen hindurch, und Danielle streichelte meine Hand immer heftiger. Ich wusste nicht, was ich tun sollte. Die Hand wegzunehmen, getraute ich mich nicht, ich hatte keine Wahl, als Danielle gewähren zu lassen.

Diese unangenehme Situation wurde erst kurz vor Veredo beendet, als sich ein Grund ergab, meine Hand wegzuziehen, ich musste blinken. Danach ließ ich die Hand nicht wieder auf dem Schalthebel liegen.

Die Ausstellung in Veredo langweilte mich. Wir waren die einzigen Besucher in der kleinen Kunstgalerie, und die Bilder waren fade Ansichten der Umgebung in Aquarell. Auch Danielle schien sich nicht dafür zu interessieren. Sie suchte mein Gesicht nach einem Kommentar ab, und da sie ihren eigenen bestätigt sah, schlug sie vor, gleich wieder zu gehen.

Im Vestibül, beim Schalter, wo sie Kunstkarten verkauften, trafen wir auf eine Bekannte, Annemarie hieß sie, eine Dame, die den Sommer in einem Bungalow am See verbrachte und ihr Vermögen dafür verwendete, unbekannten Dichtern bibliophile Monografien zu bezahlen. Sie schwärmte von einer jungen Poetin, die sie kürzlich mit dem berühmten Kunstdrucker Alisano in Careggio zusammengebracht habe.

Eine winzige Auflage, sagte sie, eine Sünde, in dieser Zahl zu drucken. Diese Gedichte sind nichts fürs große Publikum. Sie sind zu schwierig.

Es freut mich, euch zwei zusammen zu sehen, sagte Annemarie im Gehen. Was man alles gehört hat! Es hieß, ihr hätte euch getrennt. Da sieht man, wie wenig auf das Gerede der Leute zu geben ist.

Sie küsste Danielle und mich zum Abschied, hauchte, wir seien das schönste Paar, das schönste Paar diesseits der Alpen.

Auf dem Weg in unser Restaurant konnte ich Danielles Glück förmlich fühlen. Der Kellner kannte uns aus früheren Jahren, er begrüßte uns mit Namen. Wir setzten uns in die Pergola. Danielle bestellte dasselbe wie immer, nämlich Gemüseragout, und ich trank Weißwein und sah ihr beim Essen zu.

In jenem Augenblick im Restaurant überkam mich eine merkwürdige und erschreckend lebendige Vorstellung und ich erkannte den Sinn der Liebe. Ich sah mich selbst, aufgebahrt wie Paolo in meiner Wohnung liegen, seit Tagen tot, der Zeitpunkt der Bestattung ungewiss, allein, niemand da außer der Zugehfrau, die in der Küche auf weiß Gott was wartete und Bohnen las. Eine dicke Schmeißfliege surrte um meinen Kopf herum, und da keiner da war, das Viech zu verscheuchen, setzte es sich auf mein Gesicht, krabbelte auf meinem Mund und meinem Kinn herum und kroch zum Schluss in meine Nase. Vielleicht ist das nichts mit der Freiheit, dachte ich, und ich sollte Danielle am Leben lassen und zurückkehren, denn am Ende ist die Liebe vielleicht nur dazu da, damit man jemanden hat, der einem dereinst das Ungeziefer vom toten Leib verscheucht.

Geht es dir nicht gut, fragte Danielle. Du siehst blass aus.

Ich lächelte.

Es geht mir wunderbar, antwortete ich. Danielle erwiderte mein Lächeln. Ich glaube, sie war glücklich.

Dann brachte der Keller die Rechnung, und anschließend fuhren wir zurück. Danielle fuhr wieder bei offenem Fenster, ohne Gurte, und die Tür war nicht verriegelt. Ein Unfall wäre schnell geschehen, aber dann waren wir schon beim Hafen. Danielle wollte sich ein Bad gönnen, ob ich mich anschließe? Aber ich hatte keine Badehose dabei und deshalb ließ ich sie alleine aussteigen.

Ich sah, wie Danielle sich über den Uferweg entfernte.

Auf dem Rückweg, zu schnell durch die Dörfer fahrend, lösten sich in meinem Kopf immerzu zwei Gedanken ab. Du musst zu ihr zurück, sonst werden die Fliegen in deine Nase kriechen, dies war der eine, der andere: du kannst nicht zurück, denn in dir ist keine Liebe übrig. Die beiden Gedanken zermürbten mich; ich bog von der Hauptstraße ab, nahm den Weg in die Berge, hielt auf einem Wendeplatz, stellte den Wagen in den Schatten einer Kastanie. Schlief eine Stunde. Erwachte, weil ich Durst hatte, einen brennenden Durst, der mich frieren machte.

In meinem Kopf war ein Pochen, ich musste trinken, ich ließ den Wagen an, fuhr die Gegend nach einem Brunnen ab, fand keinen, fror immer heftiger, bis ich schließlich einen Bach entdeckte, ein schmutziges Rinnsal, das im Graben neben der Straße floss. Wo das Wasser tief genug war, dass ich es mit der Hand schöpfen konnte, kniete ich nieder und trank. Dabei beschmutzte ich meine Kleider. Es störte mich nicht.

Ich trank, als sei es das erste und letzte Mal.

Ruhiger fuhr ich zurück.

Du solltest etwas essen, dachte ich, gleich in der Casa Fiori versuchst du es. Eine Hühnerbrühe und einen Bissen Brot, dann wird es besser gehen. Denk an deine Fettreserven.

Aber ich bezweifelte, ob ich mich überwinden konnte. Ich müsste mit dem Hunger etwas aufgeben, das mich stark machte und das ich lieb gewonnen hatte.

In der Casa Fiori überraschte ich Sonja und David. Ich hatte sie nicht gehört, und dann stand ich plötzlich auf der

Veranda, die beiden keine fünf Meter entfernt. Ich war gezwungen zuzuschauen, denn ich getraute mich zu keiner Bewegung, ich fürchtete, sie könnten mich bemerken.

Ich hatte meine Tochter nie so gesehen, und eigentlich hatte ich nichts dagegen, aber ich war erstaunt über die Unverfrorenheit, sich die gut einsehbare Veranda ausgesucht zu haben. Auch die Heftigkeit, mit der die beiden zu Werke gingen, überraschte mich. Sie waren geübt und in keiner Weise zurückhaltend. Das Unangenehmste fand ich, welch obszöner Stellung die beiden sich bedienten.

Wie konnte sich Sonja diesem Kerl nur so ausliefern?

Ich hatte gedacht, junge Menschen seien sanft, zärtlich, nicht so roh und verbissen.

Ich wollte nicht hinsehen, konnte auch nicht gehen. Ich wusste nicht, was ich tun sollte, und diese ausweglose Situation brachte mich beinahe um den Verstand, dann hatte ich eine Idee. Ich hielt die Hand vor meine Augen.

Von allem Anfang an war es nicht ganz einfach. Wir saßen im Bus, der uns zum Pass bringen sollte, und ich fühlte mich elend. Ich hatte nichts gegessen. Ich hatte es versucht, zuerst mit Hühnerbrühe, dann mit Milch und Zwieback, vergeblich, ich hatte alles wieder ausgespuckt. Bloß schwarzen Kaffee mit viel Zucker hatte ich zum Frühstück getrunken.

David saß am Fensterplatz und lutschte ein Bonbon nach dem anderen. Die Sonne stand erst auf den Berggipfeln, das Licht reichte nicht ins Tal. Die Straße brach links von uns jäh ab, in der Tiefe floss jener Fluss, den man zuoberst im Tal staute. Zu dieser frühen Stunde war niemand zu sehen, später am Tag würden die rundgeschliffenen Felsen von Badenden besetzt sein.

Die Fahrt führte durch dämmriges, kaltes Blau.

Aus dem Lautsprecher über der Fahrerkabine bimmelte Musik. Die Straße wand sich der Bergflanke entlang. Die Felsen, keine Handbreit neben dem Fenster, tropften vom Tau, und in jeder einzelnen Kurve stieg mir der Magen in den Hals.

Ich dachte: Dieser Tag wird dir den Rest geben. Du hast nicht genügend Fettreserven. Du wirst auf der Wanderung verhungern.

Hinter uns schwatzte ein junges Paar unablässig über die Landschaft, was ihr gutes Recht war, aber mir wäre es lieber gewesen, die beiden hätten geschwiegen.

David packte einen Riegel Schokolade aus seinem Rucksack. Er brach ein Stück ab und stopfte es sich in den Mund.

Der Bus hielt bei einem Stellwerk. Dicke Stromleitungen spannten sich über das Tal. Arbeiter in gelben Überkleidern stiegen zu.

Wir fuhren durch die Dörfer. Kinder gingen in Zweierreihe am Straßenrand, die Ranzen auf den Rücken.

Bei einem Postamt stiegen die Arbeiter aus. Unser Fahrer lud Postsäcke in den Laderaum, dann fuhren wir weiter.

Schilder an der Straße warnten vor der Waldbrandgefahr.

Die Dörfer wurden kleiner, je näher wir dem Talende kamen. Das letzte im Tal bestand aus einer Kirche, die von steinernen Scheunen umringt war. Davor saßen alte Leute.

Das junge Paar stieg aus.

Der Fahrer drehte sich nach uns um. Ich gab ihm zu verstehen, dass wir erst bei der Staumauer aussteigen wollten. Er sagte etwas, das ich nicht verstand, und da er seine Worte nicht wiederholte, nahm ich an, die Sache werde nicht wichtig sein. Der Bus fuhr an. Nun waren David und ich alleine.

In einer Linkskurve kippte der Junge auf meine Seite. Er war eingeschlafen, sein Kopf lag auf meiner Schulter, wie tot. David hatte das Gesicht eines Kindes. Die ganze Männlichkeit war verschwunden. Die großen Hände lagen wie Handschuhe auf den nackten, muskulösen Beinen, die von blondem Flaum bedeckt waren, ich fühlte die Wärme seines Körpers, und wieder stülpte sich mein Magen um, nicht wegen der schlingernden Fahrt. Ich sah, was dieser Bursche mit Sonja getrieben hatte, wie dieser Mund gekeucht und auf Sonjas Nacken gelegen hatte – ich stieß David zurück, sein Kopf schlug an die Scheibe, aber er erwachte nicht, schmatzte nur blöde und schlief weiter.

Wir hielten in einem Waldstück. Es gab dort keine Haltestelle. Zwischen den Bäumen tauchte ein alter Mann auf und stieg zu. Der Fahrer und er grüßten sich, sie schienen sich zu kennen. Der Alte trug einen grauen Armeemantel, ein Rucksack hing ihm als Knolle im Kreuz. Er setzte sich in meine Reihe, nur der Gang lag zwischen uns, und er roch nach Tabak und Tieren. Er musste ein Hirte sein, der die Schafherden über die Alpen führte. Seine Hände waren dunkel vor Dreck, und die Fingernägel waren so kurz, dass sie kaum zu sehen waren.

Als er seinen Kopf drehte, blickte ich in zwei unwirklich helle, graue Augen, als läge frischer Schnee in den Pupillen. Er erkundigte sich auf Italienisch, welches Ziel wir hätten.

Vogliamo andare alla gola, gab ich zur Antwort.

Der Mann schnalzte mit der Zunge.

Non si può attraversare il passo, sagte er und schüttelte den Kopf.

Vorige Woche habe der Wald gebrannt, sagte er und sprach, als zerkaue er ein Stück Brot. Das Feuer habe schlimm gewütet, tagelang habe er es brennen gesehen, dicker Rauch habe den Berg verhüllt. In der Nacht leuchteten am anderen Hang noch immer Glutnester. Come gli occhi di un gatto, sagte er und machte mit der Hand eine Bewegung, als sei er selbst diese Katze. Er habe die Tiere auf der anderen Talseite, aber bestimmt sei der Weg über den Pass nicht begehbar.

Sarebbe meglio andarci un altro giorno, meinte ich und war nicht unglücklich darüber.

Giusto, signore, nickte der Mann, giusto.

Dann wandte er sich ab und schwieg, bis hinter einer der nächsten Kurven der Bus mitten auf der Bergstraße bremste. Der Mann packte seinen Rucksack, verabschiedete sich und stieg aus. Ich sah ihn im Wald verschwinden, die hagere Gestalt verlor sich im Grau des trockenen Unterholzes.

Dann ging es wieder bergan, die Straße wand sich über den weiten Kegel des vorzeitlichen Felssturzes. David erwachte gähnend. Als Erstes aß er die Schokolade auf. Ich erklärte, dass wir uns für die Wanderung einen anderen Tag aussuchen müssten.

Und wieso das? sagte er, und es klang nicht wie eine Frage.

Der Wald hat gebrannt, antwortete ich.

Wer hat Ihnen das erzählt?

Ein Hirte, antwortete ich.

David stand vom Sitz auf und schaute sich im Bus um.

Ich kann keinen Hirten sehen, blaffte er. Und da oben brennt nichts.

In diesem Augenblick hielt der Bus, David sprang auf und drängte sich vorbei. Ich weiß nicht, wie mir geschah, aber kurze Zeit später stand ich in hellem Licht auf der Mauerkrone der Talsperre und sah, wie der Bus wendete und zurück ins Tal fuhr.

Die Talsperre lag in der Sonne.

Links fiel die geschwungene Wand ins Leere, rechts staute sich der See zu einem grünsilbrigen Unglück, und David, als ich ihn erblickte, stand auf dem Staudamm. Er hetzte los, er wartete nicht auf mich, und ich hatte keine andere Wahl, als ihm so gut es ging zu folgen. Ich fürchtete, der Bursche könnte den Weg verpassen, der am anderen Ende des Dammes abzweigte und zum Pass führte. Aber David, als kenne er die Gegend, schlug sich nach links, am schroffen, unbewaldeten Ufer des Sees entlang.

Der Wind blies übers Wasser, Licht brach sich in den Wellenrippen. Ich erkannte keine Farbe, es war, als sei der See mit Quecksilber gefüllt.

David stürzte über Treppenstufen, die in den Fels geschlagen waren, weiter den Berg hinauf. Er ging viel zu schnell. Das ist nicht gut für dich, sagte ich zu mir. Das hältst du nicht aus, nicht mit deinen Fettreserven. Lass den Jungen. Ich rannte weiter und versuchte, den Abstand zwischen uns nicht zu groß werden zu lassen.

Auf einmal blieb der Junge stehen. Er drehte sich um. David schien aufgeregt, schrie und deutete mit der Hand auf den See hinunter. Ich suchte mit den Augen die graue Fläche ab.

Aus dem Wasser ragte ein Pfahl, darauf saß ein Wetterhahn vom Kirchturm des Dorfes, das bei der Stauung des Sees überflutet wurde. Ich dachte an das Versunkene, das auftauchen würde, senkte man den Wasserspiegel genügend ab, und ich wollte weg von diesem Ort.

Wir erreichten die Kastanienwälder. Selten sah ich Davids Rucksack zwischen den Bäumen, aber vor meinen Augen tanzten Pünktchen, mein Herz pochte im Hals, und ich lief und lief weiter, und als wir so hoch gestiegen waren, dass die Kastanien von den Eichen abgelöst wurden, fühlte ich keinen Schmerz mehr. Ich fand Gefallen an meinen Beinen, die mich weiter und weiter durch die knorrigen Bäume trieben, als trüge ich an den Füßen die roten Schuhe aus dem Märchen.

Es ging ganz leicht, Schritt um Schritt, höher und höher, und der Hunger war kein Problem. Im Gegenteil, er trieb mich vorwärts.

Über den Eichen folgten die Alpwiesen. Ein weiter, wolkenloser Himmel wölbte sich hell über mir, und bald führte der Weg ins Dickicht des meterhohen Farns, der die Almen überwucherte und keiner anderen Pflanze Platz ließ. Ich fand mich von den grünen Wedeln so dicht umgeben, als stünde ich in einem Dschungel, einem Urwald vom Beginn der Welt, als es keine Menschen gab. Ich fand kaum Boden unter den Füßen, stolperte über Steine, sah als Himmel nur ein fernes Blau, um mich herum fedrige, sporenkapselige Arme, die jede meiner Berührungen mit einer sanften Bewegung erwiderten, als würden sie mich grüßen und nach mir greifen.

Längst hatte ich David verloren.

Ich rief nach ihm. Der Ruf verlor sich knapp vor meinem Mund, die Stimme hatte keinen Körper.

Von jenseits des Grüns drang ein Gelächter. Ihm ging ich entgegen, und als sich der Farn lichtete und der Blick auf die Alpwiese öffnete, entdeckte ich den Jungen. Er saß auf einem Wurzelstock. Er grinste. Er bleckte die Zähne. Er kratzte sich den Nacken, David blickte in den Himmel, absichtlich in die Sonne, und kniff die Augen zusammen.

Ich sah mich um. Wir waren alleine. Nur der Farn war da, entfernt die Bäume, und über allem der duldsame Himmel.

Die Natur war auf meiner Seite.

Ich griff einen Kiesel, warf ihn nach dem Kopf des Jungen, ich zielte schlecht, der Stein pfiff über David hinweg. Zuerst schien David erstaunt, dann lachte er, gerade wie zuvor.

So ein kleiner Kiesel, höhnte er, so ein kleiner Kiesel!

Ich stürzte mich auf ihn, er drehte sich weg und rannte los, weiter den Berg hinauf, ich hinterher.

Wir rannten über die Schafweiden. Wir rannten an den Steinhaufen vorbei, die vor langer Zeit Ställe gewesen und irgendwann eingestürzt waren, und ich hatte das Gefühl, der Abstand zu David werde kleiner.

Jetzt bist du hinten, dachte ich, aber rate einmal, wer gestern hinten war.

Die Buchenwälder, die in diesem Teil der Welt die Bergkuppen bewachsen, erreichten wir bald, und auch sie waren auf meiner Seite. Im Kathedralengewölbe der silbernen Stämme verlangsamte David seinen Schritt. Der Wind zitterte im Laub, die Stämme sahen aus wie Beine von Riesen, die ein böser Zauber an die Kalkfelsen gefesselt hatte.

Ich machte weiter Boden gut.

David war wenig vor mir auf der Passhöhe, und da roch ich zum ersten Mal den kalten Rauch und den klebrigen Ruß.

Absteigend, wie ein Zeichen für das kommende Unglück, durchquerten wir die Mondlandschaft des Waldbrandes. Rauch stieg aus weißen Stümpfen. Ein Weg war nicht zu erkennen. Schwarz und jämmerlich ragten die toten Wurzelstämme in den Himmel, wie die faulen Zähne jenes verwunschenen Riesen.

Wir gingen durch Asche. Säfte, die das Feuer zum Kochen gebracht hatte, zischten und pfiffen, und Teer klebte sich dick an die Schuhe, zwang zum Humpelgang, bis man die zähen Stollen von den Sohlen streifen musste. Es war still.

Die Asche lag wie Schnee, stob als Flocken unter unseren Schritten auf.

David, nicht weit vor mir, schien verängstigt. Der arme Junge ging langsam, er schlich beinahe. Er drehte sich um. Das Gesicht, seine Haare waren weiß von der Asche, und seine Augen weit vor Schrecken.

Ich glaubte, er würde endlich auf mich warten, aber David ging weiter.

In den verkohlten Stümpfen vernahm ich dann das Rauschen des Flusses, das wilde, böse Tosen von Wasser, das über Katarakte stürzt, sich durch Unterspülungen wühlt, in Walzen dreht, als wolle es alle Ungeheuer der Hölle aus der Erde graben. Wie erhaben dieses Grollen war! Wie mächtig und unerbittlich! Nichts ließ es lebendig entkommen!

David vernahm das Grollen ebenso. Ob er sich so lebendig fühlte wie ich mich? Ich weiß es nicht. Ich weiß nur, dass er stehen blieb und sich umwandte. Ich nickte ihm zu. Er war nur einen Steinwurf entfernt, dann so weit, wie ein Mann spucken kann, schließlich noch eine Armlänge, und als wir die Schlucht erreichten, da hatte ich David eingeholt.

Es war im Dorf San Antonio. Es ging gegen Abend. Mauersegler schrien, umschwärmten den Kirchturm, die Häuser aus mörtellos geschichtetem Stein. Ich war müde, der Abstieg hatte mich erschöpft. Darüber war ich erstaunt, denn es war kein richtiger Abstieg gewesen. Ein Schleichen war es gewesen und ein Gang, über den ich in aller Zukunft würde lügen müssen. Dieser Abstieg war eher eine Leistung meiner Gedanken als eine körperliche Anstrengung gewesen, nur die Vorstellung, wie er aussehen könnte, kein wirklicher Abstieg.

Wie konnte dieser Weg die Gelenke zermürben?

Weshalb waren meine Knie geschwollen?

Vor der Kirche war niemand zu sehen. Auf dem Platz standen Tische, um die Tische Stühle, unordentlich und rot, und auf eine seltsame Weise beruhigte mich jenes Bild, es versprach Erholung. Vor dem Dorfladen stand eine Tafel, die Tagesaktionen anpries, und rechts von diesem Dorfladen erkannte ich den Polizeiposten.

Ich starrte auf das Blechschild, *Policia Municipale* stand darauf.

Da musste ich hin, auf direkten Weg.

Einen Augenblick befürchtete ich, der Posten sei geschlossen und ich wäre gezwungen auf eine Weise Aufmerksamkeit zu erregen, die mir nicht entsprach, eine Notglocke betätigen, den Beamten durch Rufen aus seiner Wohnung schreien, was weiß ich, eine Handlung eben, die zur Folge gehabt hätte, dass ganz San Antonio in kürzester Zeit über mich Bescheid gewusst hätte. Das wollte ich nicht, ein solches Aufheben wäre mir unangenehm gewesen, und deshalb war ich erleichtert, als ich durch die offene Tür einen Beamten erkannte.

Der Mann hatte einen schwarzen Schnurrbart und war beleibt; ich dachte: So sieht ein gutmütiger Mensch aus, ihm kannst du vertrauen.

Der Gedanke, diesem Beamten vom Unglück, das sich an diesem Nachmittag ereignet hatte, zu berichten, erschreckte mich nicht. Auf eine gewisse Weise freute ich mich darauf. Es würde mich mit diesem Mann verbinden. Während des Abstieges hatte ich gezweifelt, aber nun war ich guter Hoffnung, diesem verständigen Menschen die Wahrheit erzählen zu können.

Allerdings standen zwischen mir und dem Polizeiposten die Stühle; ich musste zwischen ihnen hindurch. Ich versuchte zu widerstehen, aber leider setzte ich mich hin. Ich wusste, es war nicht recht.

Eine junge Frau erschien. Ich bestellte ein Glas Wasser. Sie brachte es mir.

Du hast David aufgegeben, dachte ich, denn hätte ich augenblicklich den Polizeiposten betreten und den Vorfall dargelegt, hätte es für den Jungen vielleicht eine Rettung gegeben.

Ich aber setzte mich auf einen Stuhl und ruhte mich aus.

Das Unverzeihliche ist, dass ich mich gut fühlte, dass mir, als ich saß, Davids Schicksal einerlei war. Noch wusste niemand, was geschehen war, doch sobald ich den Polizeiposten betreten würde, begänne ein neues Leben. Mein altes Leben würde verhandelt werden, jede Minute würde untersucht, gewogen und beurteilt werden. Ich würde sprechen können, man würde hören und es würde amtlich werden, wie falsch mein bisheriges gewesen und wie gerecht meine Forderung nach einem neuen Leben war. Auch diese Minute jetzt auf dem Dorfplatz in San Antonio bekäme Gewicht und würde betrachtet werden, eine Minute, über deren Licht ich sagen würde, dass es sanft und geduldig auf die Dächer der steinernen Häuser fiel, und dass sich der Himmel in ein anderes, tieferes Blau umzog, ein Blau, das weniger Trost versprach. Es war eine helle, deutliche Minute, die hellste, deutlichste in meinem Leben. Ich wusste, was sie beinhaltete. Ich kannte die Zahl der Mauersegler, ich wusste, wessen Kleider ich trug, was hinter und was vor mir lag. Die Menschen waren unsichtbar, aber ihre Schicksale blieben nicht verborgen.

Die Vorfälle dieses Nachmittags hatten mich endgültig von der Welt, von Danielle und der Liebe befreit.

Ich werde über diese Minute Zeugnis ablegen, schwor ich, ich werde über sie berichten und ihrer Größe gerecht werden.

In diesem Augenblick fühlte ich mich, wenn zu sagen dies erlaubt ist, frei.

Dann hatte ich einen anderen Gedanken.

Jede Sekunde, die ich länger an diesem Tisch sitze, wird eine Sekunde zusätzlicher Rechenschaft in meinem neuen Leben bedeuten, jede Sekunde verlängert das alte, unfreie Leben und verkürzt das neue.

Das wollte ich nicht.

Deshalb versuchte ich aufzustehen, doch in meinen Beinen war keine Kraft, ich war erschöpft und ausgehungert und sank zurück auf den Stuhl.

Was sollte ich tun?

Mein Blick fiel auf ein mit rohem, getrocknetem Schinken belegtes Brötchen, das unter einer Glasglocke lag. Auf dem Schinken lagen eine fächerförmig aufgeschnittene Gurke und der achte Teil einer Tomate. Das Brötchen war großzügig gepfeffert; der Schinken augenscheinlich frisch geschnitten, denn er war weder fettglänzend, was geschieht, wenn er zu lange gestanden hat und zu schwitzen beginnt, noch waren die Ränder angedunkelt oder faserig.

Das Brötchen selbst war ein gewöhnliches weißes Brötchen.

Ich musste es essen. Danach würde ich aufstehen können und nicht nur dem Polizeibeamten, sondern allen, die sie hören wollten, selbst Danielle und sogar Sonja, die Wahrheit erzählen. Wenn ich es nicht aß, fehlte mir die Kraft, und die Zeit würde über die jüngsten Geschehnisse hinweggehen, folgenlos, allenfalls eine Lüge bliebe, und mein Leben würde weitergehen, als wäre nichts geschehen, und ich würde mich nie von Danielle befreien können.

Ich spürte, mit welcher Macht die Lüge, welche die Folgenlosigkeit beinhaltete, um den Sieg kämpfte. Ich war schwach, und wenn ich wollte, dass etwas geschähe, musste ich das Brötchen essen. Lange saß ich und kämpfte, bestimmt eine halbe Stunde rang ich auf dem Dorfplatz von San Antonio mit einem Schinkenbrötchen, darum, hineinzubeißen, mit dem Wissen, sonst zur Wahrheit nicht fähig zu sein.

Schließlich, als ich nicht mehr daran glaubte, wurde mir die Entscheidung abgenommen.

Ein Zimmermann kam über den Platz gelaufen. Sein grobes Hemd aus Baumwolle hing über die blaue Hose. Sein Gang war matt, und dann ließ er sich, nicht weit von mir, auf einen der Stühle fallen.

Ebenso wie ich, wurde er von der jungen Frau bedient, die darauf nicht im Lokal verschwand, sondern an meinen Tisch trat.

Posso prendere il panino? fragte sie mich.

Wie vor den Kopf gestoßen, vermochte ich keine Antwort zu geben, und in der Sekunde meines Zögerns nahm die Frau das Brötchen und brachte es dem Zimmermann, der es mit zwei, drei kräftigen Bissen verschlang und sich zum Schluss mit dem Hemdsärmel den Mund abputzte.

Ich wusste, wie ich dieses Zeichen zu deuten hatte. Mit letzter Kraft stand ich vom Tisch auf, genau im Augenblick, da die Glocke die Dreiviertelstunde schlug. Ich heftete meinen Blick auf dem ganzen Weg über den Platz an den schnurrbärtigen Beamten, der hinter dem Schaltertresen stand und Papiere ordnete.

Dann betrat ich den Polizeiposten. Es war kühl und roch angenehm nach feuchtem Stein.

Ohne den Kopf zu heben, erwiderte der Beamte meinen Gruß und kramte weiter in seinen Papieren.

Ich wartete eine ganze Weile.

In der gelb gestrichenen Amtsstube standen ein Schreibtisch, eine staubige Zimmerpflanze und ein großer Aktenschrank. Ein Kalender zeigte Bilder der spanischen Hofreitschule in Wien, und an der Wand lehnte ein Fahrrad.

Schließlich ließ der Beamte von seiner Arbeit ab, trat an den Tresen und ich sah zum ersten Mal sein Gesicht aus der Nähe. Ich hatte mich geirrt.

Der Mann trug keinen Schnurrbart, und dick war er auch nicht. Seine Nase und die Wangen waren vom Trinken gerötet, und ich musste erkennen, dass er Tellernägel hatte, die sich widerlich über seine vordersten Fingerglieder wölbten.

Obwohl ich darüber traurig war, erleichterten es mir diese Tatsachen, die Wahrheit über diesen Nachmittag für mich zu behalten und über die Umstände, die zu Davids Tod geführt hatten, jetzt und fürderhin zu lügen.

Später standen wir an der Mündung des Flusses.

Die Nacht war seit Stunden gefallen, aber am Flussdelta war es mitnichten dunkel. Scheinwerfer erhellten die Nacht zum Tag, und unzählige Leute drängten sich auf der Kiesbank, Leute in allen Farben. Ich sah weiße, die bei einem weißen Fahrzeug standen und warteten; ich sah rote Leute, die emsig den Fluss und das seichte Seeufer mit langen Stangen absuchten. Ich sah auch schwarze Leute, draußen auf dem See, sechs oder sieben, das waren die Taucher. Sie wurden unterstützt von gelben Leuten, die in Schlauchbooten saßen und den Tauchern, wenn sie an der Oberfläche erschienen, Anweisungen gaben.

Einige Leute waren ohne erkennbare Farbe, dafür hatten sie Fotokameras, mit denen sie alles Mögliche fotografierten, das Ufer, den See, die Leute, ihre Kollegen und einmal auch mich. Einer von ihnen trug eine Fernsehkamera auf seiner Schulter, während ein anderer mit einem Mikrofon vor ihm herging. Als ich aus San Antonio eingetroffen war, im Wagen des Beamten, hatte ich dieses wilde Treiben vorgefunden, es war, als wären die Leute immer da gewesen.

Es war seltsam, dass sie David an dieser Stelle suchten, so weit unterhalb der Schlucht. Der Mann mit dem silbernen Helm und dem Funkgerät, den ich danach fragte, wies mich schroff ab und meinte auf Italienisch, dies habe nicht meine Sorge zu sein. Der Bursche sei gewiss nicht der Erste, den man aus dem Wasser fische, und ich solle mich zum Herrn von der freiwilligen Feuerwehr begeben, dort stehe ich keinem im Weg.

Was blieb mir anders übrig, als dem Mann zu gehorchen?

Ein Zelt stand zwischen zwei Pappeln, etwas abseits des Geschehens, als habe es damit nichts zu tun. Es ähnelte einem Ritterzelt, rund wie eine Tonne mit einem giebeligen

Dach. Im Innern war es gemütlich, eine kleine, abgeschiedene Welt für sich. Eine nackte Glühbirne flackerte und spendete ein funzeliges Licht.

Ein älterer Herr, ein Feuerwehrmann in dunkelblauer Uniform, begrüßte mich freundlich. Ich dürfe mich auf das Feldbett setzen, sagte er und bot heißen Tee an.

Ich schwitze, sagte ich, ob er etwas Kaltes dahabe? Der Mann schaute mich mit warmen Augen an und legte seine Hand auf meine Schulter. Ich vertraute ihm und trank den Tee.

Neben dem Bett, auf dem ich saß, stand eine Feldtruhe mit einer Bibel und einem Telefon. Ich dürfe das Telefon benutzen, sagte der Feuerwehrmann, Ihre Liebsten machen sich bestimmt Sorgen. Ich hatte keine Lust, in die Casa Fiori anzurufen. Ich schwieg und nippte am Tee. Zitronenscheiben und Zimtstangen schwammen darin, ich dachte: Seltsam, dass man dir das zu trinken gibt. Diesen Tee hätte ich nur einem Kind gegeben.

Der Alte räusperte sich, als sei ihm etwas peinlich, und fragte murmelnd, ob vielleicht er anrufen solle.

Irgendwann werden sie es ohnehin erfahren, sagte ich mir und nannte die Nummer der Casa Fiori.

Der Mann wählte und sprach dann kurze Sätze in den Hörer. Seine Stimme klang wie die eines Freundes, von dem man eine Weile nichts gehört hat und der sich für das lange Schweigen entschuldigt.

Ich hörte ihre Stimme aus dem Hörer, aber ich konnte nicht ausmachen, wie Danielle auf die Neuigkeit reagierte.

Er hängte ein und setzte sich mit einem Gesichtausdruck, als trage er die Schuld an der Sache, auf einen Klappstuhl.

Der Mann seufzte bei jedem Atemzug, und er trug einen dunklen Strickpullover mit weiten Maschen, der ihm ein unverschämt gemütliches Aussehen gab. Ich fand, mit diesem Pullover könne einem nichts passieren.

Irgendwann drang durch die Zeltbahn Scheinwerferlicht, Autotüren wurden geöffnet, wieder zugeschlagen, und im nächsten Augenblick standen Danielle und Sonja im Zelt.

Danielle schaute sich um, als müsse sie die nächsten zwei Wochen in diesem Zelt verbringen, und in ihrem Gesicht lag ein Unverständnis, als habe sie eine Rechenaufgabe nicht verstanden.

Sie hielt Sonjas Handgelenk eng umfasst. Sonja trug ihre alten Latschen. Ich dachte: Wann zum Teufel trägt das Mädchen einmal etwas anderes als diese Sandalen?

Danielle bestürmte mich mit einer krächzenden Stimme, die ich an ihr nicht kannte. Ich erklärte ihnen, was geschehen war.

Die Frauen hörten meinen Bericht. Aus Danielles Wangen wich das Blut. Sonja blickte leer. Der Feuerwehrmann stand daneben, Sorgenfalten auf der Stirn, und er trat von einem Bein aufs andere. Er sagte, man könne nichts wissen, man müsse warten, hoffen und beten.

Sonja war tapfer. Sie hörte sich die Geschichte an, ruhig und gefasst. Sie ließ sich nichts anmerken. Als ich mit meinem Bericht am Ende war, entwand sie sich der Fesselung ihrer Mutter, die sie die ganze Zeit nicht losgelassen hatte, und setzte sich neben mich auf das Feldbett. Sie weinte nicht eine einzige Träne.

Ich dachte: Gleich singt das Mädchen ein Lied, so gefasst starrte Sonja vor sich hin. Sie blieb aber stumm. Wie ich nahm sie den Tee, den der Mann kurz darauf anbot, und trank ihn.

Ich erkannte in diesem Augenblick, wie ähnlich mir meine Tochter ist, ich dachte: Zum Glück hat sie sich nicht zu sehr an diesen Jungen gehängt, das kommt ihr jetzt zugute.

Danielle ging im Zelt auf und ab. Ich wollte sie bitten, an den älteren Herrn zu denken, ihn müsse das Gerenne nervös machen. Aber dieser saß ruhig neben Sonja, hielt ihre Hand und schenkte Tee nach. Nur einmal sprach er mit lauter Stimme, als er uns mitteilte, dass sich kein Mensch für Müdigkeit zu schämen brauche, und jeder sich auf dem Feldbett ausruhen dürfe.

Keiner legte sich hin.

Wir warteten und warteten. Nichts geschah. Danielle verließ das Zelt. Sonja folgte ihr, ich blieb. Sie kamen nicht zurück. Draußen hörte man Rufe, das Quäken von Funkgeräten, ein Stromaggregat knatterte. Der Boden roch feucht.

Ich glaubte, es müsse wieder Tag werden, aber noch war es Nacht, als von draußen, vom See her, ein Ruf ertönte, ein Ruf, so fröhlich und heiter, als habe jemand etwas entdeckt, das die ganze Welt verloren glaubte.

Sie verlangten nach mir. Sie sagten, es gebe gewisse Dinge zu klären. Es eile. Man erwarte mich auf vierzehn Uhr. Ich hängte den Hörer ein und ging zurück zu den Frauen. Sie hatten sich in der Casa Fiori unter das Dach verzogen, in die Ecke unter der Lukarne, wo der Hund seinen Platz gehabt hatte. Eine Kerze brannte. Sie tranken Tee. Sie hatten sich nicht angezogen, trugen mittags noch ihre Pyjamas. Sonja schien unberührt von allem. Sie hatte den Kopf in den Nacken gelegt und schaute durch das Dachfenster in den Himmel. Manchmal sprach sie leise Worte, ohne Zusammenhang. Danielle hielt sich an ihr fest, was mich ärgerte, eine Mutter sollte sich nicht an ihrer Tochter festhalten. Sie weinte in Stößen, ich erinnerte mich nicht, sie so aufgelöst gesehen zu haben. Hatte ich sie je weinen sehen? Ja, einmal, als wir jünger waren, ich erinnere mich, in Paris, wo wir die Tage über Ostern verbrachten, entdeckten wir in der Zeitung eine Anzeige. Sie kündigte eine Sammlung erotischer Stiche aus dem neunzehnten Jahrhundert an. Wir kicherten und fuhren hin. Die Galerie fanden wir erst nach einigem Suchen, und es war keine richtige Galerie, es war ein schummriges, zwielichtiges Lokal. Die Stiche waren Schund. Die Personen glichen eher Kälbern als Menschen, so unproportioniert waren sie, und sie lagen, saßen und standen aufeinander und verrenkten sich in unmöglichen Positionen. Wir lachten wie lange nicht. Wir gingen auf geradem Weg zurück ins Hotel, zogen uns aus, liebten uns. Dabei lachten wir, im Kopf unsere Körper mit den abgebildeten auf den Stichen vergleichend. Danielle gluckste, sie hatte die Augen geschlossen und plötzlich erkannte ich, dass ihr Lachen in Weinen gekippt war. Warum weinst du, fragte ich Danielle. Ich weine nicht, antwortete sie, ich lache, du Dummkopf, ich lache.

Damals, in Paris, über Ostern, ließ ich sie los, stand vom Bett auf, ging aufs Klo, und als ich zurückkam, saß Danielle angezogen auf dem Bettrand und lächelte. Ich nahm sie nicht wieder in den Arm, obwohl ich dies wollte, so, wie ich es jetzt wollte, unter dem Dach. Ich wollte die weinende Frau trösten, ich wollte es von ganzem Herzen, aber ihre Schwäche widerte mich an, stieß mich ab und gleichzeitig, ich weiß nicht, weshalb, freute ich mich darüber. Zu sehen, wie Danielle ihre Haltung verlor, wie sie sich nicht zu helfen wusste, hatte ich mir immer gewünscht, und ich dachte: Hätte ich sie nur früher so gesehen! Hätte ich sie weinen sehen, es wäre anders gekommen und ich würde Danielle noch lieben. Nun ist das Feuer erloschen, jetzt liebe ich sie nicht mehr!

Als ich ihnen mitteilte, ich müsse nach Lugano fahren und der Polizei Fragen beantworten, sah mich Danielle mit entsetzten Augen an. Jetzt sperren sie dich ein, wimmerte sie, bestimmt kommst du ins Gefängnis! Sie solle keinen Unsinn reden, gab ich zur Antwort. Es gebe keinen Grund, mich einzusperren, ich hätte nichts verbrochen. Zum Abend werde ich zurück sein, sagte ich. Im Geheimen jubelte ich: Ich kehre nicht zurück, du hast Recht, sie werden mich einsperren, ich komme ins Gefängnis und das ist gut, denn dann bin ich weg von dir!

Später, im Salon, am runden Tisch, erkaltete in den Tellern die Dosen-Hühnerbrühe, die Danielle gewärmt hatte. Keiner aß, es war still, nur manchmal schnäuzte sich Danielle verschämt die Nase, und mir war, als erklinge aus der Vergangenheit der Zimbalenklang des Geschirrs, das launenhafte Tischgeplauder des letzten Sommers, das Gelächter Sonjas, die zwischen Danielle und einem leeren Stuhl saß, die Arme unter dem Tisch versteckt, stumm, mit blutleeren, dünnen Lippen, in einem Rollkragenpullover, der ihr viel zu warm sein musste. Draußen lag der Garten im gleichförmigen Licht des Mittags. Die Sonne ebnete alles ein. Die Beständigkeit des Lichts hatte etwas Grausames. Zwischen mir und Sonja stand der leere Stuhl, und ich dachte: Dieser Stuhl wird nun da stehen bleiben, zwischen uns. Dies stimmte mich ein wenig traurig, ich will dies gerne zugeben, aber ich tröstete mich mit der Tatsache, es sei das letzte Mal für lange Zeit, dass ich dies ansehen, all dies hören, Sonjas und Danielles Gegenwart erleben musste. Diesen Augenblick wollte ich genießen, und so geschah es, dass ich mich auf einmal gut fühlte, es mir an diesem Tisch zu gefallen begann, Danielles zerrauften Haaren, Sonjas grauem Gesicht zum Trotz, und als es gegen halb zwei Uhr ging und ich mich auf den Weg nach Lugano machen musste, befiel mich ein kleiner Schmerz.

Ich ließ die Frauen zurück, Danielle erhob sich, umarmte mich steif und meinte, es sei das Beste, wenn sie mit Sonja heimreisen würde. Es gibt hier nichts mehr zu tun, und ich pflichtete ihr bei. Sonja blieb sitzen, ich versuchte, sie zu berühren, aber es gelang mir nicht, ich weiß nicht, weshalb.

Bevor ich ging, holte ich im Badezimmer das Rasierzeug und packte eine Zahnbürste zusammen mit einer Garnitur Unterwäsche in eine Plastiktüte. Anschließend verließ ich das Haus.

Als ich mich in den Wagen setzte, hatte ich ein Gefühl, als führe ich in den Urlaub. Eine Übelkeit, wie sie Nervosität begleitet, machte sich bemerkbar, und ich musste lachen, denn trotz des Waschzeugs und der Unterwäsche fuhr ich mitnichten in den Urlaub.

Ich fuhr lachend hinunter in die Stadt, ich fragte mich, wann ich diese Straße wieder befahren würde, wann ich die Villen und die Gärten wieder sähe. Und die Bougainvilleen, die Rhododendren, die Palmen, die Steinmauern und weißen Tore, die in den letzten Tage schwer auf meiner Seele gelegen hatten, beflügelten mich, es war, als präsentierte sich diese Welt zum ersten Mal.

Ich lachte auf der ganzen Strecke.

Beim Casino ließ ich den Wagen stehen, nahm die Tüte und ging zu Fuß ins Zentrum. Ich konnte mir einreden, ich ginge nur einige Längen schwimmen, so leicht war mein Gang, dabei war es eine träge Stunde, matt schlichen die anderen Menschen durch die Hitze.

Kurz vor vierzehn Uhr war ich in der Via Emilio Bossi.

Das Präsidium war ein bronzefarbener, gesichtsloser Kasten mit schwarzen Fenstern und einer breiten Treppe. Über sie betrat ich die Halle.

Ich meldete mich am Empfang. Man hieß mich warten.

Ein Carabiniere in Uniform erschien irgendwann und führte mich einen Stock höher, durch einen Korridor in einen Raum, wo vor einem schmalen Fenster ein Tisch mit zwei Stühlen stand. Dicke Gardinen verdeckten die Sicht nach draußen, aber die Gitter vor dem Fenster waren trotzdem zu erkennen.

Si sieda qui, sagte der Carabiniere und reichte mir ein Formular, auf dem ich die bereits eingetragenen Angaben überprüfen und nötigenfalls berichtigen sollte.

Mein Name war fehlerfrei geschrieben, auch das Geburtsdatum war richtig, aber meine Anschrift war falsch. Seegarten, stand da. Ich strich es durch und schrieb meine neue Adresse darüber, und als ich schrieb, kam ich mir plötzlich lächerlich vor, als würde ich quengeln, als bestünde ich halsstarrig auf einem Detail, für das sich außer mir niemand interessierte. Es war nur meine Adresse, weshalb die ganze Mühe?

Der Carabiniere zog das Formular vom Tisch, warf einen Blick darauf, nickte und verließ den Raum.

Ich dachte: Bestimmt schließt er die Tür mit dem Schlüssel, aber er zog die Tür nicht zu, er ließ sie angelehnt. Auf eine Weise störte mich diese offene Tür in meinem Rücken, es war nicht der Durchzug, eher hatte ich das Gefühl, als läge ein Teil von mir nackt und ungeschützt. Da ich annahm, es würde unverzüglich jemand erscheinen, tat ich nichts, blieb sitzen und wartete.

Im Raum hing keine Uhr, ich weiß also nicht, wie viel Zeit verstrich, ohne dass jemand kam. Draußen, auf dem Korridor, waren manchmal Schritte zu hören, sie wurden lauter und kurz darauf fielen schwache Schatten auf die weiße Wand vor mir. Einmal hörte ich entfernt eine strenge Stimme Anweisungen erteilen, sonst geschah nichts. Vielleicht haben sie mich vergessen, dachte ich.

Wenn jemand die Tür schlösse, war gegen ein Dasein in diesem Raum nichts einzuwenden. Er war nicht schlechter als irgendein anderer Raum, nicht schlechter als das Schlafzimmer in der Casa Fiori, nicht schlechter als mein Büro in der Buchhandlung, nicht schlechter als das Wohnzimmer mit den neuen Möbeln. Ich fühlte mich hier nicht gefangener als in den anderen engen Stuben. Warum sollte es auf einige Quadratmeter ankommen? An das Gitter vor dem Fenster konnte ich mich gewöhnen. In der Ecke hing ein Waschbecken, ein altes, aus schwerem Steingut, darüber ein Spiegel und eine Ablage, Platz fürs Rasierzeug und meine Zahnbürste. Sie brauchten bloß ein Bett hineinzustellen, eine Pritsche hätte genügt, mich in Ruhe zu lassen mit ihren Ideen und Vorstellungen und zu versichern, dass ich keine Besuche empfangen musste, wenn ich es nicht wollte. Ich fand, ich und dieser Raum passten zusammen, und dann trat eine Frau durch die Tür.

Sie war jung, bestimmt keine vierzig, gut aussehend, glaube ich, dunkle, lange Haare, weiße kurzärmlige Bluse.

Ich erhob mich. Wir gaben uns die Hand.

Sono la commissaria Stefanini, sagte sie.

Sie sei die zuständige Beamtin, und sie entschuldigte sich für ihr mangelhaftes Deutsch. Tatsächlich hatte sie bloß einen leichten Akzent, sonst sprach sie fehlerfrei.

Sie setzte sich, sprach ihr Beileid aus und bedankte sich, dass ich mich herbemüht habe.

Sie kniff die Augen zusammen und verzog den Mund, als wolle sie mich ohne Worte loben.

Es muss eine schwierige Zeit für Sie sein, sagte sie, und weil ich nicht verstand, was die Frau damit meinte, fuhr sie fort und sagte, ich hätte den Jungen doch zu dieser Schlucht begleitet. Sie nehme an, man fühle sich für seinen Wanderkameraden verantwortlich?

Was sollte ich darauf antworten? Wanderkamerad! Der Bursche war die Sommerromanze meiner Tochter, ein Bursche aus der Provinz, der Sohn eines Gemüsebauern, vermutete ich, ich hatte nichts mit ihm zu tun gehabt, weshalb sollte ich mich verantwortlich fühlen?

Letzten Endes, antwortete ich der Kommissarin, ist jeder Mensch für sich selbst verantwortlich.

Sie schaute mich an, nickte. Ihre Augen waren jenen von Danielle nicht unähnlich, genauso dunkel, jedoch neugieriger, misstrauischer, und ich glaube, ihr rechtes Auge schielte ein wenig. Ich dachte, damit hypnotisiert sie die Verbrecher, und die Armringe, die an ihren schlanken Handgelenken hingen, ihr Klacken, wenn sie auf die Tischplatte schlugen, unterstützten sie dabei.

Sie suchte in ihrer Akte nach einem bestimmten Dokument, konnte es nicht finden, entschuldigte sich für die Sucherei. Sie habe keine Zeit gefunden, um sich einen Überblick zu verschaffen. Dann, nach einer Weile, wohl aus Verlegenheit und immer noch der Akte zugewandt, fragte sie, ob ich mit Davids Eltern gesprochen habe.

Nur mit der Mutter, antwortete ich. Ich wollte ihr mitteilen, was mit David geschehen war, aber sie wusste es bereits, ich weiß nicht, von wem. Wir sprachen nicht lange. Es war eine seltsame Situation, ich hatte den Eindruck, es sei ihr unangenehm.

Können Sie das verstehen? fragte mich die Kommissarin.

Dass es ihr unangenehm war?

Sie nickte.

Selbstverständlich, erwiderte ich, mir ist es manchmal auch unangenehm, mit gewissen Leuten zu sprechen.

Sie schaute auf.

Jetzt gerade, zum Beispiel? fragte sie.

Nein, antwortete ich, jetzt gerade nicht.

Sie lächelte, dann wühlte sie weiter in ihren Papieren, und schließlich fand sie das Dokument. Es war das Protokoll, das der Beamte in San Antonio nach meinem Bericht erstellt hatte. Die Kommissarin überflog es, hastig, wie mir schien. Ich hatte das Gefühl, sie stutze beim Lesen, als hege sie einen Zweifel.

Sie will, dass du in die Falle tappst, dachte ich, als sie mich aufforderte, die ganze Geschichte noch einmal zu erzählen. Ich freute mich auf den Moment, wenn sie mir ins Gesicht sagen würde, ich sei ein Lügner, die Geschichte könne aus einem Grund, den ich nicht bedacht habe, nie und nimmer stimmen. Ich freute mich auf die Unumkehrbarkeit der Ereignisse, auf die Ruhe danach; auf den Moment, in dem der Abschied von Danielle und meinem alten Leben endgültig vollzogen sein würde. Die Freiheit, die auf mich wartete, war zwar nicht jene, die ich mir vorgestellt hatte, aber immerhin war es eine Freiheit. Ich würde mich nie wieder entscheiden müssen, andere würden dies für mich tun, und daneben schien ein großer Rest Freiheit zu sein.

Ich dachte: Lieber ein richtiges Gefängnis, eines mit Schloss und Riegel, lieber eines mit Wärtern und Blechnäpfen, als das Gefängnis der Liebe.

Und ich dachte: Es macht nichts, dass ich schwach bin, ich muss nicht gestehen, die Kommissarin nimmt es mir ab, sie kennt die Wahrheit längst.

So wiederholte ich die Geschichte, wie ich sie dem Beamten in San Antonio erzählt hatte. Wie David und ich aufgestiegen, wie wir durch die Wälder gehetzt waren. Ich erzählte vom Stausee, vom roten Hahn, obwohl das nichts zur Sache tat, und ich erzählte von den Farnwäldern, von den eingestürzten Häusern der Schäfer, und wie ungeduldig David gewesen sei, zu dieser Schlucht zu kommen. Ich bemühte mich, für die gleiche Lüge neue Worte zu finden. Um es der Kommissarin nicht zu einfach zu machen, wiederholte ich in anderen Sätzen, was ich bereits zu Protokoll gegeben hatte und nun säuberlich getippt vor ihr auf dem Tisch lag.

Frau Stefanini hörte zu, aufmerksam, sie unterbrach mich an keiner Stelle. Ich redete und redete, ich dachte: Das ist ihr Trick. Sie lässt dich reden und am Schluss, wenn du müde bist und nicht aufpasst, wird sie dich packen und überführen, und dann hast du endlich deine Ruhe.

Als ich ans Ende meiner Geschichte gekommen war, dahin, wo ich in San Antonio den Polizeiposten betreten hatte, seufzte die Kommissarin, schwieg einen Moment und sagte dann: Ja, wir kennen diese Geschichte. Jeden Sommer ziehen unsere Rettungskräfte ein halbes Dutzend Touristen aus dem Fluss. Die Badenden unterschätzen die Macht der Strömung.

Ihr Blick verlangte keine Erwiderung, aber ich fügte hinzu, man könne an dieser Stelle nicht baden, der Fels sei dort zu steil, die Schlucht zu tief.

Man kommt nicht bis an den Fluss hinunter, sagte ich, nicht ohne Seil.

Hatten Sie ein Seil dabei? wollte sie wissen.

Ich schüttelte den Kopf.

Vielleicht hat es David trotzdem versucht, sagte sie, diese jungen Kerle sind oft zu tollkühn.

Dann hätte er sich ausgezogen und ich hätte seine Kleider gefunden, widersprach ich. Da war aber nichts, nicht die kleinste Spur. Als ich bei der Schlucht ankam, war David verschwunden, als habe ihn der Erdboden verschluckt.

Die Kommissarin runzelte die Stirn.

Vielleicht hat er sich zu nahe an den Abgrund gewagt, und er ist ausgerutscht und gestürzt. Wäre das eine Möglichkeit?

Ja, sagte ich, das wäre eine Möglichkeit.

Aber Sie glauben nicht daran, sagte sie.

Ich weiß nicht, sagte ich und hatte keine Ahnung, worauf die Kommissarin hinauswollte. Dann stellte sie eine Frage, die mich überrumpelte. Sie fragte nämlich:

Glauben Sie, der Junge, David, hat gerne gelebt?

Er war jung, erwiderte ich, er hatte sein Leben vor sich.

Das kann psychologisch eine Belastung sein, sagte sie und hob belehrend den Zeigefinger, nicht alle jungen Menschen leben gerne.

Ich sagte, darauf wisse ich keine Antwort. Mit der Psychologie kenne ich mich nicht aus. Ich sagte zur Kommissarin: Man kann nicht in das Herz eines Menschen sehen.

Das ist schön gesagt, sagte sie. *Nessuno può vedere nel cuore di un uomo.* Das gefällt mir. Mir gefällt die Poesie darin.

Sie lächelte wieder, ich fand, das Geheimnisvolle aus ihren Augen sei verschwunden, auch das Misstrauen. Jetzt war ihr Blick weich und versöhnlich. Dann verdüsterte sich das Gesicht wieder.

Ich will Ihnen etwas erklären, sagte sie. Davids Eltern haben ihren Sohn verloren. Das ist schlimm genug, aber das Leid würde um ein Vielfaches größer, wenn es sich nicht um einen Unfall handelte. Weshalb? Sie würden sich Vorwürfe machen, sie seien schlechte Eltern gewesen, und die Versicherung würde nicht zahlen, nicht für die Bergung, nicht für das Begräbnis.

Auf dem Korridor näherten sich Schritte, die Kommissarin schwieg, bis sie sich wieder entfernten.

Sie waren alleine da oben, fuhr sie fort. Es gibt keine Zeugen, und dem Toten ist es nicht anzusehen, ob er in die Schlucht gefallen oder ob er gesprungen ist. Aber es war trocken an jenem Tag, der Boden war nicht rutschig, und nach allem, was ich erfahren habe, war David ein vernünftiger Junge. Was ist also geschehen? Die Polizei wird es nicht klären können, und wir haben, ehrlich gesagt, auch kein Interesse daran. Wir werden damit leben können, was Sie uns erzählt haben. Und ich glaube, auch die Eltern werden gut damit leben können.

Die Kommissarin lächelte. Ihr Auge schielte. Der Reif klackte.

Wie Sie sagen: Man kann nicht in das Herz eines Menschen sehen. In meinem Beruf macht mir das oft Schwierigkeiten, aber persönlich habe ich nichts dagegen.

Sie wartete nicht auf meine Entgegnung. Die Kommissarin schloss die Akte, schlug mit der flachen Hand auf den Deckel und bedankte sich noch einmal für die Zusammenarbeit. Ich fragte sie, wie es weiterginge. Wenn ich bei meiner Aussage bliebe, werde sie den Jungen morgen zur Bestattung freigeben. Sie habe es leicht, für sie sei der Fall damit erledigt, ich und Davids Familie hingegen hätten den schwersten Teil vor uns.

Die Kommissarin Stefanini stand vom Stuhl auf und ich folgte ihr. Sie schob mich zur Tür, die immer noch offen stand, sie schob mich in den Korridor. Sie legte die Hand auf meine Schulter.

Bauen Sie auf Ihre Familie, sagte sie. Und schauen Sie nach Ihrer Tochter. Sie braucht Sie jetzt. Dann gab sie mir die Hand und warf einen Blick zurück in den Verhörraum. Sie trat an den Tisch.

Ihre Einkäufe, sagte sie, beinahe hätten sie sie vergessen. Sie reichte mir die Tüte mit dem Waschzeug. Ob ich den Weg nach draußen alleine finde? Da ich bejahte, lächelte sie und sagte, sie habe nämlich einen Termin mit dem Haftrichter, sie sei verspätet.

Ich sah ihr hinterher, wie sie sich durch den Korridor entfernte. Sie verschwand im Dunkel der Treppenaufgänge.

Es war dann so, dass die Sorge der Kommissarin nicht unbegründet war und ich den Ausgang tatsächlich nicht auf Anhieb fand. Wohl in meinen Gedanken versunken, verpasste ich die richtige Tür und fand mich in einem langen, fensterlosen Korridor wieder. Ich wusste nicht, wo ich mich befand, und musste einen Carabiniere nach dem Weg fragen, der von mir wissen wollte, wie ich hierher gekommen sei, dieser Bereich sei für das Publikum nämlich gesperrt. Ich konnte ihm keine vernünftige Antwort auf diese Frage geben, und der Mann war so freundlich, mich nach draußen zu begleiten.

Ich holte den Wagen vom Casino. Ich fuhr zurück. Es war erst vier Uhr nachmittags, und die Sonne stand hoch am Himmel.

Heute war ein unglücklicher Tag. Der Herbst ist gekommen, seit dem frühen Morgen hat es geregnet. Das Prasseln an die Jalousie hat mich geweckt, ich bin schnell aufgestanden, habe starken Kaffee gekocht, und dann zog ich erneut den schwarzen Anzug an. Ich wollte vor Davids Begräbnis im Geschäft nach dem Rechten sehen.

Ich fuhr mit eingeschalteten Scheinwerfern. Im Radio berichteten sie über die Kriegshandlungen der letzten Nacht. Man hatte eine Stadt beschossen, es habe viele Tote gegeben. Draußen war es kaum hell und der Regen und die frühe Stunde verängstigten die Leute, und ich war froh, als ich endlich in der Buchhandlung war.

Auf meinen Rundgang durch den Laden stellte sich heraus, dass sich in meiner Abwesenheit nichts verändert hatte. Nur die Herbstneuerscheinungen waren mittlerweile eingetroffen. In den Regalen herrschte Ordnung, die Schaufenster waren geputzt, die Bücher ausgezeichnet, auch jene in der Auslage, alles nach meinen Wünschen.

So ging ich in mein Büro. Es war noch nicht sieben Uhr.

Ich hatte mich kaum an den Schreibtisch gesetzt, gerade die ersten Briefe durchgesehen, als es klopfte und Frau Weber das Zimmer betrat. Sie sah so frisch aus, als würde sie nie zu Bett gehen, als gestatte sie es selbst dem Schlaf nicht, etwas an ihr zu zerknittern.

Frau Weber stellte den Kaffee auf den Schreibtisch.

Sie freue sich, dass ich zurück sei, meinte sie.

Ob sie das Mädchen mit dem Hund nach draußen schicken solle?

Ich ließ sie wissen, dass wir uns darum nicht mehr kümmern müssten. Der Hund ist im Seegarten, sagte ich, dort, wo er hingehört.

Frau Weber war darüber enttäuscht. Sie habe den Hund alles in allem gerne gemocht, meinte sie.

Sie stand daraufhin auf und holte aus der Toilette den Fressnapf und packte ihn in eine Mülltüte. Da dachte ich daran, Frau Weber zu fragen, ob sie mich heiraten wolle.

Eine Heirat mit dieser Frau hätte viele Vorteile, und dass Frau Weber die Jahre, in denen die Frauen endgültig alt werden, hinter sich gebracht hat, wäre nur von Vorteil. Sie hat sich damit abgefunden, auf Männer keinen Reiz auszuüben. Sie trägt diese feine Verbitterung mit einer ihr eigenen, edlen Strenge, und es ist wunderbar zu sehen, wie ein Mensch keine Ansprüche an das Leben stellt und nur das Ziel hat, die anfallenden Arbeiten, die sich aus der Logik der Ereignisse ergeben, möglichst sorgfältig und gründlich zu erledigen, wie eben zum Beispiel, da der Hund nicht daraus fressen wird, seinen Futternapf wegzuräumen.

Frau Weber ist eine schlanke, beinahe magere Frau, aber ihr Körperbau ist von gänzlich anderer Art als jener von Danielle. Danielle neigt zu Fettleibigkeit. Sie ist nur deshalb so mager, weil sie ihrem Körper kein Gramm Fett gönnt und immer Diät hält. Würde sie nicht darauf achten, Danielle wäre dick.

Frau Weber hingegen ist von Natur aus dünn und elegant. Sie hat Finger wie Stricknadeln, und unter ihren Strümpfen zeichnen sich Schienbeine blank wie Falzbeine ab.

Ich bat Frau Weber, sie möge sich einen Moment setzen, was sie gleich tat, und ich erzählte in ruhigen Worten, was in den Ferien geschehen war. Frau Weber hörte aufmerksam zu, mehr und mehr entsetzt.

Er wird heute früh auf unserem Zentralfriedhof begraben, berichtete ich zum Schluss. Um zehn Uhr beginnt die Totenfeier. Ich bin auf dem Weg dorthin. Es geht ums Abschiednehmen. Ich bin dem armen Jungen diesen Gang schuldig.

Während meines Berichts hielt sich Frau Weber die Hand vor den Mund, es sah aus, als wolle sie ihn mit ihrer Hand verschließen. Dann tat sie etwas, das ich ihr nicht zugetraut hätte: Sie weinte!

Meine gute Frau Weber weinte anmutig, beherrscht und höflich. Ich reichte ihr mein Taschentuch. Sie nahm es entgegen, schnäuzte sich zweimal, tupfte sich die Nase ab und steckte sich das Taschentuch in den Ärmel.

Ich bewunderte ihre tadellosen Manieren, und aus einer Laune gestand ich, dass ich seit zehn Tagen nicht gegessen habe. Es sei mir nicht möglich, eine feste Speise zu mir zu nehmen, und da einem Menschen nach einundzwanzig Tagen unweigerlich die Fettreserven ausgingen, sei leider zu befürchten, dass ich in den nächsten elf Tagen verhungern müsse.

Frau Weber aber reckte den Hals und neigte ihren Kopf zur Seite, wie man es macht, wenn man nicht sicher ist, ob man sich ein Geräusch eingebildet oder es tatsächlich gehört hat. Sie blieb von meinem Geständnis ungerührt, meinte nur, es gebe für den Körper nichts Gesünderes, als ein trockenes Fasten von zehn Tagen, und im Übrigen sei Appetitlosigkeit in meinem Alter nichts Außergewöhnliches.

In diesem Augenblick wurde mir klar, dass es für eine Ehe mit Frau Weber zu spät war. Ich hätte vor Jahren um ihre Hand anhalten müssen, dann hätte es eine Möglichkeit gegeben. Frau Weber und ich hätten eine stille Ehe geführt, erfüllt von leiser Leidenschaft, ohne die Zärtlichkeiten, deren Danielle stets bedurft hatte, um sich mit mir verbunden zu fühlen. Frau Weber hätte hin und wieder meine Hand genommen, das wäre das Äußerste gewesen, und sich im Weiteren mit jenen Berührungen begnügt, die sich unbeabsichtigt ergeben, jenen der Fingerkuppen etwa, wenn man dem Liebsten einen Kugelschreiber reicht, um den man gebeten wurde, oder die Berührung der Hand am Nacken, wenn man sich in den Mantel hilft. Alles wäre edel und gesittet zu- und hergegangen, ohne Aufregung, ohne Hitze, und für uns hätte sich nichts geändert. Frau Weber hätte die Geschäftskorrespondenz erledigt und dafür gesorgt, dass meine Anzüge zweimal monatlich in die Reinigung kommen. Sie hätte nicht einmal den Namen ändern müssen, wir hätten uns gesiezt, sie wäre meine Frau Weber geblieben, und ich hätte mich im Bett, vor dem Lichterlöschen, von ihr mit der Nennung dieses Namens für die Nacht verabschiedet.

Bevor ich aufstand, bat ich Frau Weber, mir beim Arzt für nächste Woche einen Termin geben zu lassen; ich fragte mich, ob sie vielleicht meine Gedanken erriet, denn meine Buchhalterin machte ein bekümmertes Gesicht, als wisse sie, dass ich mich gerade gegen sie entschieden hatte.

Dann wurde es Zeit, ich machte mich auf den Weg zum Zentralfriedhof.

Die letzten Tage war mir bange gewesen, ich könnte an Davids Begräbnis nicht erwünscht sein. Möglicherweise hatten die Eltern gegen mein Erscheinen Vorbehalte. Auf keinen Fall wollte ich ihre Gefühle verletzen, und es wäre mir nicht recht gewesen, wenn aufgrund meiner Anwesenheit auf irgendeine Weise die Würde der Feier gestört worden wäre.

Ich beruhigte mich damit, dass in der Todesanzeige gestanden hatte: Die Beisetzung findet am Dienstag um zehn Uhr auf dem Zentralfriedhof statt. Jedermann ist herzlich eingeladen.

Diesen letzten Hinweis, *Jedermann ist herzlich eingeladen*, bezog ich auf mich, ich war sicher, dass er ausschließlich auf mich gemünzt war. Wer sonst war in der unangenehmen Lage, so eng mit Davids Tod verbunden zu sein und trotzdem nicht sicher zu wissen, ob er beim Begräbnis erwünscht war?

Jetzt, im Nachhinein, weiß ich, dass ich es unbedingt hätte vermeiden müssen, aber als ich kurz vor zehn Uhr am Zentralfriedhof eintraf, hatte ich keine Ahnung von den kommenden Ereignissen. Natürlich, ich hatte ein flaues Gefühl im Magen, aber das war lediglich die Furcht, jemand unter den Trauergästen, von denen einige vor dem Friedhofstor warteten, hege einen Zorn und könnte die Hand gegen mich erheben und mich verfluchen. Deshalb hielt ich den Regenschirm knapp über den Kopf, damit mein Gesicht verdeckt blieb.

Es regnete in Strömen, als ob der Himmel nach den Hundstagen etwas nachzuholen hätte.

So unauffällig wie möglich sah ich mich nach Danielle und Sonja um; neben der Torskulptur, eine Frau, die Wasser aus einem Krug goss, standen sie nah beisammen.

Sonja war schrecklich blass, weiß wie Kreide, aber sie gefiel mir ausgezeichnet. In ihrem schwarzen Kleid und mit den hochgesteckten Haaren, die von einem schwarzen Band zusammengehalten wurden, sah sie elegant und vornehm aus. Sie erschien mir größer als sonst, was ich mir nicht erklären konnte, bis ich entdeckte, dass Sonja Schuhe mit Absätzen trug, zum ersten Mal in ihrem Leben, und ich freute mich darüber. Ich fand, meine Tochter sehe erwachsen aus, und ich hoffte, sie möge an dieser Art Kleidung Gefallen finden und ihre Kleinmädchengarderobe endlich wegschließen.

Das wollte ich ihr sagen, ich beabsichtigte, meiner Tochter ein Kompliment machen, aber als ich sie begrüßen wollte, schaute Sonja an mir vorbei, und als ich mich zu ihr neigte, um ihr einen Kuss zu geben, drehte sie das Gesicht weg.

Mich kränkte dieses Verhalten, aber ich verzieh ihr; schließlich war es Sonjas erste Beerdigung.

Neben ihr stand Danielle, sie stützte unsere Tochter, hielt sie am Ellbogen fest, und dabei stand sie aufrecht, als habe man sie an einen Stock gebunden. Sie hatte ein Kopftuch aus schwarzer Seide umgebunden, die verweinten Augen versteckte sie hinter einer Sonnenbrille. Danielle trug ihre Kleider, als habe sie alles vor einer Weile gekauft und gewartet, dass jemand sterbe und sie eine Gelegenheit erhielte, das Kopftuch, den halblangen Regenmantel und die Brille endlich anziehen zu können.

Die Eleganz der beiden Frauen fiel auf, denn die Gesellschaft vor dem Friedhof war glanzlos und grau. Diese Leute stammten aus dem Umland, nicht aus der Stadt, das war leicht zu erkennen, obwohl unter den Regenschirmen keine Gesichter zu sehen waren. Man sah dunkle Hosenbeine, schwarze Strümpfe und Lederschuhe, die sich nicht um Schlamm und Pfützen kümmerten, grobe, bäurische Garderoben, denen dieses Wetter nichts anhaben konnte.

Nach und nach trafen mehr Leute ein, bis vor dem Tor dreißig oder vierzig Menschen warteten. Irgendwann, auf ein unsichtbares Zeichen hin, setzte sich die Trauergemeinde in Bewegung. Wir durchschritten das Tor, Sonja und Danielle zuerst, ich dahinter, und als wir auf dem Kiesweg waren, sah ich, dass unbemerkt der Leichenwagen durch das Friedhofstor gerollt war, eine graue Limousine mit zugezogenen Vorhängen. Davids Sarg war nicht zu erkennen.

Gleich hinter dem Wagen sah ich zwei ältere Gestalten, einen Mann und eine Frau. Beide gingen schrecklich krumm. Angestellte des Bestattungsunternehmers in schwarzer Livree geleiteten die alten Leute und hielten ihnen die Regenschirme. Es war nicht klar, wer von den beiden den andern stützte, der Mann die Frau oder umgekehrt. Wahrscheinlich stützte der eine den andern. Die beiden Alten wären umgefallen, hätten sie sich losgelassen.

Wir hatten lange zu gehen.

Davids Grab lag ganz zuhinterst, am anderen Ende des Gräberfeldes.

Niemand sprach ein Wort.

Nur das Knirschen des Kieses und das Geräusch des Regens in den Bäumen begleitete uns.

Wir gingen unter Platanen und Pappeln, schön und grün, doch ich ahnte, wie bald sich das Laub verfärben und fallen würde.

Es ist schon gefallen, dachte ich, es hängt nur noch an den Zweigen, damit es fallen kann.

Ein lichter, fast sommerlicher Regen fiel auf uns, auf die Trauergemeinde, und dazwischen zeigte sich manchmal die Sonne. Sie schien klar durch die schwarzen Wolken. In diesen Momenten leuchteten die Regentropfen silbern, es sah aus, als würde jemand einen Korb Fische aus den Wolken leeren.

Wir gingen an den Nischen mit den Urnen, an den steinernen Grüften der alten Familien vorbei; vorbei am tempelartigen Gebäude des Krematoriums, das sich hinter dunklen Tannen duckte.

Wir kamen am Friedhof der Kinder vorbei. Auf den Gräbern lag Spielzeug, Teddybären und bunte Kreisel. Auch darauf fiel der Regen, und ich fragte mich, ob der Junge bei den Kindern begraben würde.

Der Zug hielt nicht, er zog weiter, am Gräberfeld vorbei, wo irgendwo mein liederlicher Vater begraben liegt. Ich hätte Mühe, das Grab zu finden, zu lange war ich nicht dort. Wir gingen an allen Toten unserer kleinen, verrotteten Stadt vorbei, an den bekannten und den unbekannten, an jenen, deren Namen in eine schwere Marmortafel gehauen waren, und an jenen, deren Asche auf dem Acker des Gemeinschaftsgrabes verstreut war. Ihnen war sogar der Name genommen, verlorener als die anderen schienen sie mir aber nicht.

Wir gingen und gingen, die Schuhe auf dem Kies ein beständiges Tuscheln, es klang wie: *Er ist hin, er ist hin, er ist hin,* und mein Gang, ich weiß nicht, weshalb, wurde mit einem Mal leicht, als benötigten die Füße keinen Widerstand, als könnten sie sich an der Luft abstoßen. Ich schwebte, es war, als läge *ich* auf dem Rücken, als würde *ich* getragen, und über mir blickte ich in die Bäume, in die silbernen Unterseiten der Blätter, die gebauschten Wolken, schwarz und drohend, und ich sah den Himmel, der dort, wo er durch das Laubdach schien, dunkler war.

Der Zug verlangsamte sich, geriet ins Stocken, wir erreichten das Grab.

In einem Halbkreis versammelten sich die Leute um die Grube. Es gab kaum Platz ringsum, manche standen auf dem Grab, das neben Davids lag, sie traten auf die vom Regen aufgeweichten, zerfledderten Trauerkränze und kümmerten sich nicht darum.

Der Sarg wurde aus dem Leichenwagen gehoben und ans Grab getragen. Der helle Schrein war ungeschmückt, keine Blumen lagen auf ihm. Drei Männer aus der Trauergemeinde und der Totengräber ließen David mittels einer Winde in die Erde. Dabei entstand ein fürchterliches Knarren, die Seile ächzten unter der Last des Sarges, und dazwischen schlug ein loses Kupplungseisen hell und rhythmisch auf Metall.

Mit jedem Knarren senkte sich der Sarg eine Armlänge tiefer in die Grube. Die alte Frau schluchzte. Der Mann drückte sie an sich. Er weinte nicht, niemand weinte, nur der Himmel.

Nach einem letzten Knarren schlug die Kiste dumpf auf den Grund der Grube, es klang, als ob irgendeine Kiste auf irgendeinen Boden schlagen würde, eine Kiste mit Büchern auf den Dachboden, eine Kiste mit Einkäufen auf den Boden des Kofferraums. Nach einer Weile trat ein Mann, den ich bis jetzt nicht bemerkt hatte, aus der Menge. Er stellte sich auf die Bohlen, die neben dem Grab ausgelegt waren, und wandte sich an die Trauergemeinde.

Ich hielt den Mann zuerst für einen ordentlichen Pfarrer, aber als ich seine unnachgiebigen, zornigen Worte hörte, wusste ich, es war der Prediger einer Pfingstgemeinde.

Der Mann hatte das Äußere eines Gemüsebauern, trug schwere Schnürstiefel und einen Jägeranzug aus elastischem Gewebe. Sein Gesicht war gerötet, die Augen leuchteten wild, seine Stimme war heiser und fanatisch und überschlug sich immer wieder. Der Prediger klärte uns darüber auf, dass der Heiland bald wiederkommen werde und dass Er nicht so zahm sein werde wie vor tausendneunhundertfünfundneunzig Jahren. Das nächste Mal werde Er ein strenger Richter sein, Gericht halten über uns Sünder, und verloren würden jene sein, die nicht getauft seien in Seinem Namen. Im Übrigen gebe es nicht den kleinsten Grund zur Schadenfreude, denn dieser Junge, David, den man hier und heute begrabe, sei lediglich vorausgegangen, jeder von uns habe seinen Weg noch vor sich.

Der Mann hielt inne und schaute jedem Einzelnen von uns Trauergästen in die Augen, als wolle er mit seinem Blick die Botschaft vom Heiland und vom Jüngsten Gericht in die Seele brennen.

Bestimmt ist er Trinker, dachte ich, als er mich anschaute und ich seine getrübten Augen sah. Viele der Gemüsebauern aus den umliegenden Gebieten sind Trinker. Das Leben auf dem Land ist trostlos und regnerisch, als Abwechslung gibt es für die Leute nur die Pfingstgemeinde und den Alkohol.

Aus der Bibel, die er in der Hand hielt, las der Prediger nicht, er kannte sie, wenigstens die rachsüchtigsten und erbarmungslosesten Stellen, auswendig. Er benutzte die Schrift, um seine Gesten zu unterstreichen, er zeigte in das offene Grab, er hielt die Bibel in den Himmel, er fuhr mit ihr über die Köpfe der Gemeinde. Er zeigte auch auf Sonja.

Sie stand unmittelbar am Grab. Auf ihrem Gesicht lag ein unheimliches Grinsen. Ihre Lippen waren gespannt, so wie bei Damen, die sich schminken, und ich fragte mich, wo die sonnigen Tage geblieben waren, die in ihrem Gesicht gestanden hatten, wo der Sommer hin war, denn in ihrem Gesicht war nichts Helles zu sehen, kein Sonnenschein, dunkel war es, als wolle es das knappe Licht an diesem regnerischen Morgen vertilgen. Sonja starrte in das Grab, als habe sie etwas gesehen, dem sie auf der Stelle folgen wolle, und unter ihren Augen lagen Schatten, ich dachte: Jetzt weint meine Tochter um diesen Burschen, und auf eine Weise war ich enttäuscht.

Als ich aber genauer hinsah, sah ich, dass es nicht Tränen waren, die über ihr Gesicht liefen, es war nur der Regen. Ich war froh, aber als Danielle, die weiter vom Grab weg stand, sich nach Sonja umsah, erkannte ich trotz ihrer dunklen Brille, wie groß das Entsetzen in ihren Augen war.

Danielle näherte sich Sonja, legte den Arm um ihre Schulter und sprach leise auf das Mädchen ein. Sonja reagierte nicht und starrte in das Grab, als sei es ihr eigenes. Da zog Danielle sie von der Grube weg, führte sie durch die Leute, die zögerlich eine Gasse bildeten, und ich verlor die beiden aus den Augen.

Einen Augenblick dachte ich daran, ihnen zu folgen, aber ich sagte mir, es sei Sonja wohl nur ein wenig übel geworden. Schließlich, dachte ich, ist es ihre erste Beerdigung, bestimmt erholt sie sich bald wieder, und da hatte der Prediger seine Rede beendet, und die Trauergäste traten nun, einer nach dem anderen, auf die Bohlen am Rand der Grube. Jeder warf einen Strauß Blumen, eine Hand voll Erde oder auch nur einen Blick in die Tiefe.

Dazu hatte ich keine Lust, um ehrlich zu sein, fürchtete ich mich vor dem Anblick eines hellen Fichtensarges in der nassdunklen Erde, aber da ich nun einmal da war, musste ich tun, was alle taten.

Die Leute stießen und drängten ans Grab, als könnten sie es nicht erwarten, nach unten zu sehen; ich kam nicht umhin, auf den giftgrünen Rasenteppich, den der Totengräber um das Grab gelegt hatte, und schließlich auf die losen und wackeligen Bohlen zu treten und meine Hand in die aufgeworfene Erde neben dem Grab zu drücken.

Unten in der Tiefe sah ich den Sarg. Er hatte die Farbe von Caramel. Ich dachte: Man sollte das Grab zuschütten, man sollte sich beeilen, der Regen wird die Grube füllen, und der Sarg wird davontreiben wie ein Nussschalenschiffchen.

Ich warf die Erde auf das Holz, und da war mir, als ob ich das Geräusch, das dabei entstand, nicht von außerhalb des Grabes, nicht vom Rand der Grube hören würde, sondern aus dem Innern des Sarges, so, als würde ich selbst darin liegen. Dann wurde ich weitergeschoben.

Man ging daran, den Eltern, die mit dem Prediger auf dem Kiesweg standen, das Beileid auszusprechen.

Die jüngeren Männer reichten den Eltern die Hand, die älteren nahmen eine militärische Haltung an. Sie schlugen die Hacken zusammen, senkten den Kopf und gingen weiter. Manche, Frauen zumeist, hielten die Hände von Davids Eltern lange in den ihren. Sie schüttelten dazu den Kopf, als wollten sie eine Wespe verscheuchen.

Der Prediger, der neben den Eltern stand, machte einen zufriedenen Eindruck. Er gab jedem Trauergast einen Bibelspruch mit auf den Weg, auch dem kleinen Mädchen mit den Zöpfen, das zwischen mir und Davids Eltern stand.

Es regnete nun in schweren Tropfen.

Dann war ich an der Reihe.

Ich reichte Davids Mutter die Hand, sie ergriff sie.

Ich dachte: Die Hand ihres Sohnes wird nicht kälter sein.

Ihr Gesicht war grau, als habe sie in Asche gepustet. Beinahe hätte ich über ihre altertümliche Frisur gelacht. Die Mutter schaute nicht in mein Gesicht, sie schaute über meine Schulter hinweg.

Mein allerherzlichstes Beileid, murmelte ich.

Die Frau gab mit nichts zu verstehen, dass sie meine Worte verstanden hatte, sie schaute zum Nächsten in der Reihe; ich hielt noch ihre Hand, als sie begrüßend seinen Namen sagte. So ließ ich die Hand los und machte einen Schritt seitwärts.

Davids Vater hatte das Gesicht eines Lehrers, der lange unter Bauern gelebt hat. Für ihn schienen Trauer und Verbitterung etwas Neues zu sein, er sah aus wie ein Kind, hatte rosige Wangen und eine faltenlose Haut, obwohl auch er angejahrt war. Ohnehin erstaunte mich das Alter der beiden Leute. Schließlich war David kaum älter als Sonja gewesen. Ich fragte mich, ob ich ebenso greis wie diese Leute war, und dann nahm ich die Hand des Vaters und wiederholte meine Beileidsworte.

Ich rechnete damit, auch von ihm nicht beachtet zu werden, da geschah etwas Merkwürdiges.

Der Vater beugte sich nach vorne, so weit, dass sein Mund beinahe meine Schulter berührte.

Es sei Ihnen vergeben, flüsterte er.

Ich wusste nicht, was ich sagen sollte. Seine Vergebung war mir einerlei. Ich war bestimmt nicht ihretwegen zur Beerdigung gekommen, lediglich aus Höflichkeit war ich erschienen, und nicht etwa aus Höflichkeit ihnen, sondern aus Höflichkeit Sonja gegenüber. Ich selbst habe den Burschen kaum gekannt. Das hätte ich seiner Vergebung entgegnen können, aber wozu auch, besser, man behält diese Dinge für sich.

Davids Vater schien erleichtert zu sein, und dann ließ ich seine Hand los und trat vor den Prediger. Er roch widerwärtig nach Pitralon. Seine Hand, mit der er meine packte, war rau und schwielig, und dieser Mensch schloss seine getrübten Augen, senkte den Kopf und sprach in der nächsten Minute einen Sermon, bestimmt ein ganzes Gleichnis, oder einen Psalm, dessen Inhalt mir entging, weil ich nicht anders konnte, als auf die schmalen, feuchten Lippen und die kleinen, gelben, schlechten Zähne des Predigers zu starren.

A-meen, sagte er.

Er öffnete die Augen, starrte mich an und wartete auf ein A-meen meinerseits.

A-meen, sagte auch ich.

Der Prediger lächelte schief. Er entließ mich aus dem Schraubstock seiner Hand, bedeutete mir, ich könne wegtreten. Ich stellte mich zu den anderen auf den Kiesweg.

Es regnete, Wind jagte in Stößen über das Gräberfeld, und ich fror. Ich trug die falschen Schuhe und hatte nasse Füße, und Danielle und Sonja waren auch nicht zu sehen.

Wir warteten, bis der letzte Trauergast an den Eltern vorbei war, und irgendwann sagte eine Frau, man begebe sich nun zum Totenmahl. Der Zug setzte sich wieder in Bewegung. Ich folgte, obwohl mich das Totenmahl nicht interessierte, aber ich dachte: Vielleicht hat Danielle das Mädchen in die Gaststätte gebracht.

Die Gaststätte hinter den Bäumen hatte hohe Fenster und war weit wie eine Kirche. Dicke Kerzen brannten, und man erkannte, dass man hier von den Toten lebte. Das Restaurant war spezialisiert auf Leichenmahle.

Die Kellner halfen den Gästen aus den Mänteln. Ich hatte nicht die Absicht, länger an diesem Ort zu bleiben, aber da Sonja und Danielle nirgends zu sehen waren, setzte ich mich auf einen freien Platz. Ich wollte auf die beiden warten.

Mein Tischnachbar war ein Freund von Davids Familie, Pferdehändler von Beruf, ein Mann, der keinerlei Schonung für sich und die Welt zu kennen schien. Er wollte wissen, wie ich zum Jungen gestanden sei.

Ich habe ihn kaum gekannt, antwortete ich. Meine Tochter war mit ihm befreundet. Ich begleite sie, es ist nämlich ihre erste Beerdigung.

Der Mann schien mit der Antwort zufrieden zu sein. Er

meinte, da habe meine Tochter Glück gehabt, denn bis jetzt sei es eine würdige Bestattung. Der Prediger habe wahr gesprochen, und auf das Totenmahl könne man sich freuen. Er sei vor wenigen Monaten hier gewesen, eine Schwägerin, die nicht aufgegeben habe, bis der Krebs auch ihr letztes Organ zerfressen habe, sei damals beerdigt worden.

Eine ausgezeichnete Küche, sagte der Mann und schnalzte mit der Zunge. Ich weiß nicht, wo man in unserer Gegend besser speist. Wenn der Ort nicht seinen einschlägigen Ruf hätte, würde ich meine Geschäftspartner hierher bringen.

Der Pferdehändler hielt sich nicht zurück und schenkte Wein nach. Vom Wein kann ich sagen, dass es mir schwer fiel, davon nur ein einziges Glas zu trinken.

Es war dann so, dass die Kellner damit begannen, das Essen aufzutragen. Der Mann hatte Recht gehabt, die Silberplatten waren üppig angerichtet. Auf jeder lagen vier verschiedene Sorten kalten Fleisches. Es gab Beinschinken, Schweinebraten, Kochfleisch und englisches Roastbeef. Zwischen dem Fleisch lagen halbierte und mit dem Spritzsack gefüllte Eier, die bei uns zu Hause russische Eier hießen. Sie waren eine von Mutters Spezialitäten, und ich war erstaunt, diese Speise hier anzutreffen.

Die Eier wurden begleitet von Spargelspitzen und Senffrüchten, die in den Ecken der Platten lagen, daneben in Weinessig gekochte Silberzwiebeln, aufeinander gestapelt wie Kanonenkugeln. Dann trugen die Kellner Saucieren herbei, vier an jeden Tisch, eine mit dicker Mayonnaise, eine mit holländischer Soße für das Roastbeef, eine dritte mit gekörntem Senf, und in der letzten befand sich gebräunte Butter.

In dieser Gaststätte musste sich niemand selbst bedienen, es gab genügend Kellner, um jedem Gast den Teller zu füllen. Die Kellner verrichteten ihre Aufgabe flink und akkurat, mit ernsten Mienen huschten sie über den roten Klinker. An die Tische brachten sie frisches Brot und verteilten es an die

Gäste. Mein Respekt vor Davids Eltern stieg, ich dachte, der Junge müsse ihnen einiges bedeutet haben, wenn sie sich in diese Auslagen stürzten.

Der Pferdehändler rieb sich die Hände, und dann wurde stehend gebetet. Der Prediger gab das Vaterunser vor, erst dann durfte man essen. Die Eier schmeckten genauso wie die russischen Eier meiner Mutter, nicht einmal die Nelken fehlten. Die Silberzwiebeln waren süß wie Zucker, der Essig, in dem man sie gekocht hatte, musste von bester Qualität sein. Und das Fleisch hätte auch den verwöhntesten Gaumen glücklich gemacht, ich fand vor allem das Kochfleisch eine solche Köstlichkeit, dass ich nicht auf den Kellner warten mochte und den Teller selbst noch einmal füllte. Auch Wein schenkte ich mir ein, entgegen meinem Vorsatz.

Der Pferdehändler griff ebenfalls beherzt zu, er schmatzte und fand zwischen zwei Bissen die Zeit, einen feinen, leicht anzüglichen Witz zu erzählen.

So einen Freund, dachte ich, solltest du haben, dann wäre das Leben niemals langweilig! Und ich tunkte einen Bissen Brot in die braune Butter und stopfte ihn in den Mund. Wie diese Leute zugriffen! Welch wundervolle, lebensfrohe Gesellschaft sie waren! Das waren keine gelangweilten Städter! Ich musste unbedingt auf ihr Wohl und ihre Gesundheit trinken, ich wollte sie wissen lassen, wie dankbar ich war, dass ich unter ihnen sein durfte. Ich putzte den Mund ab, stand vom Stuhl auf und erhob das Glas. Es wurde augenblicklich still.

Liebe Freunde, rief ich in den Saal, ich möchte auf den toten David trinken und euch herzlich für eure Lebensfreude danken! Ihr rettet mir das Leben!

Als mir die Leute ihre Gesichter zuwandten, sah ich, dass sie von einem unbekannten Schrecken zerrissen waren, und ich fragte mich, was sie gesehen haben mochten, das sie so ängstigte.

Ich wandte mich lachend an meinen Freund, den Pferdehändler, aber auch sein Gesicht war in einem Grauen erstarrt, und da erkannte ich, dass er in der Zwischenzeit eine Maske über sein Gesicht gezogen hatte. Mich erwischst du nicht, du Teufel, rief ich ihm zu, und dasselbe sagte ich zu dem Dämon in Gestalt von Davids Vater, der plötzlich neben mir stand, mich am Arm fasste und auf den Stuhl ziehen wollte. Ich sträubte mich, da fiel ich hin.

Heute bin ich nach Hause, in den Seegarten, zurückgekehrt.

Mir war aus verständlichen Gründen etwas mulmig, aber alles ging glatt. Es gab keinerlei Probleme oder Zwischenfälle. Der Hund begrüßte mich schwanzwedelnd, und am späten Nachmittag hatten die Zügelleute ihr Trinkgeld erhalten und Danielle und ich fanden Zeit, um in der Küche einen Kaffee zu trinken. Wir sind übereingekommen, dass es für alle Seiten am besten ist, wenn ich wieder im Seegarten leben würde. Gerade Sonjas Gesundheit ist dies am zuträglichsten. Sie braucht jetzt Halt, und den kann ihr nur eine Familie geben. Auch für mich selbst ist es die beste Lösung. In der letzten Zeit ist es mir nicht gut gegangen, und das Beunruhigende ist, dass ich es nicht bemerkt habe. Der Arzt, zu dem man mich nach Davids Beerdigung gebracht hat, meinte, es gehöre ein großes Maß von Selbstvergessenheit dazu, ein zehntägiges Fasten mit kaltem Schweinebraten und holländischer Soße zu brechen. Zumal meine Konstitution nicht die beste sei und ich allmählich in ein Alter komme, in dem man sich von diesen Niederschlägen nur mit viel Geduld erholt.

Dieser Arzt ist ein hervorragender Vertreter seines Standes; nach einem wie ihm habe ich immer gesucht. Wenn es mir das nächste Mal nicht gut geht, werde ich ihn aufsuchen, und ich weiß, dass dies töricht ist und man sich selbst keine Krankheiten herbeiwünschen soll, aber auf eine gewisse Weise freue ich mich auf diese Visite.

Dieser Arzt gehört nicht zu jenen der besseren Gesellschaft, mit denen ich es mein Lebtag zu tun gehabt habe und die einem in ihren hellen und freundlichen Praxen in der alten Stadt mit aller Höflichkeit begegnen und einen mit Samthandschuhen anfassen, nur damit man möglichst lange krank weiterlebt, vor sich hinsiecht und sie einen bis auf den letzten Rappen ausplündern können. Jener Arzt hat seine Praxis in der Vorstadt, nicht weit vom Friedhof, weshalb man mich eben zu ihm gebracht hat. Er verlangt auch sein Geld, das schon, aber an den Wänden seines Wartezimmers hängen keine Ölgemälde, bloß billige Dutzenddrucke unserer Alpenpanoramen, und es ist auch nicht freundlich und hell, nein, bei ihm ist es düster und unheimlich, und ich bin sicher, wäre die Lage hoffnungslos, müsste ich in Kürze sterben, dieser Arzt würde dies offen sagen und die Behandlung einstellen.

Als ich auf dem Behandlungstisch lag und gestand, seit über einer Woche nicht gegessen zu haben, lief er puterrot an und nannte mich einen Hornochsen und einen verantwortungslosen Schwachkopf. Der Arzt war so wütend, dass ich damit rechnete, er werfe mich im nächsten Augenblick aus seinem Sprechzimmer. Er wisse nicht, welche Sünde er begangen habe, dass der Herrgott ihm täglich diese Idioten schicke, Idioten, die nicht wüssten, wie dumm sie sich anstellten, aber wenn sie ausgestreckt auf dem Asphalt lägen, bettelten sie mit beängstigender Zielsicherheit ausgerechnet bei ihm um Hilfe.

Ich glaube nicht, dass ich gebettelt habe, aber ausgestreckt auf dem Boden lag ich tatsächlich, und wenn er mich einen Idioten nannte, dann hatte er damit nicht Unrecht.

Ich durfte froh sein, wenigstens von seiner Sprechstundenhilfe ein Lächeln geschenkt zu bekommen. Der Arzt gab mir Medikamente, verschrieb eine Diät und wollte schließlich wissen, wer sich in den nächsten Tagen um mich kümmern werde. Ich würde nämlich das Bett hüten müssen.

Ich erwiderte, die Zugehfrau würde täglich vorbeischauen, worauf der Arzt laut auflachte, auf meinen Ehering zeigte und rief:

Einer auf der freien Wildbahn!

Er schaute mich grinsend an. Ja, es gäbe genügend Hasardeure wie mich, sagte er, die den Ernst und die Gefahren der Freiheit unterschätzten.

Ich kam nicht umhin, ihm Recht zu geben. Tatsächlich habe ich die Gefahren unterschätzt. Noch einmal habe ich Glück gehabt, und ich bin zuversichtlich, dass die Dinge, welche in der letzten Zeit aus den Fugen geraten sind, sich bald in ihren angestammten Platz fügen werden. Es braucht nur genügend Geduld, dies ist das Allerwichtigste, und Ruhe natürlich, auch was Sonja betrifft. Bis zum Frühjahr ist sie krankgeschrieben. Sie ist im allerersten Nervensanatorium, die Pflege ist hervorragend und ich glaube, sie fühlt sich dort wohl, und dass sie das Schuljahr wird wiederholen müssen, soll jetzt nicht unsere Sorge sein. Was ist ein Jahr, verglichen mit der Dauer des ganzen Lebens?

Beim Mittagessen, bei dem Danielle und ich uns auf meine Heimkehr geeinigt haben, erzählte ich ihr, was an jenem Nachmittag in den Bergen geschehen war. Danielle erschrak fürchterlich und wollte es zuerst nicht glauben, aber schließlich begriff sie, dass ich die Wahrheit sagte. Dann saß sie eine Weile still da, blass und zerbrechlich, aber dies war nur der äußere Schein, denn alsbald begann sie damit, was sie so gut kann und ich an ihr bewundere, nämlich herauszufinden, was für alle Seiten das Beste sei. Sie wollte wissen, ob ich jemandem davon erzählt habe, und als ich antwortete, nein, sie sei die Erste, die es erfahre, atmete sie auf und beschwor mich, die Wahrheit auch künftig für mich zu behalten. Auf keinen Fall dürfe Sonja etwas davon erfahren. Sie habe gerade den langen Weg zur Besserung betreten, und sie, Danielle, dürfe nicht daran denken, welche Wirkung diese Nachricht haben könnte. Auch vor den Eltern müssten die wahren Umstände verborgen bleiben. Es ergäbe keinen Sinn, ihre kaum vernarbten Wunden neu aufzureißen.

Ich pflichtete in allem Danielle bei.

Kummer hatte mir nur der Gedanke an den nächsten Samstag bereitet.

Ich dachte mit Sorge an das Mittagessen im Kurhotel, und ich hoffte inständig, nicht plötzlich vor Mutter mit dieser schrecklichen Geschichte angeben zu müssen. Ich dachte daran, nicht zu fahren, aber ich war pünktlich in der Residenz, und alles wurde gut.

Mutter war wundervoll. Sie aß mit gesundem Appetit, herrschte im Kurhotel den Kellner aus lauter Zuneigung an, und sie offenbarte mir auch ein kleines Geheimnis.

Sie war an jenem Samstag nicht essen gegangen. Sie war auf ihrem Apartment geblieben und hatte sich mit Kräckers und einer Tasse Tee begnügt. Mit dem Geld, das ich ihr gegeben hatte, war sie beim Frisör gewesen und hatte sich eine Bluse gekauft, eine grüne, aus reiner Seide, wie sie betonte. Die trug sie nun bei unserem Mittagessen, und sie stand Mutter ausgezeichnet, was ich sie auch wissen ließ.

Beim Kaffee plauderten wir eine Weile. Von David erzählte ich nichts, und als ich berichtete, mir sei es in letzter Zeit nicht gut gegangen, sagte sie, dass komme eben davon, wenn man sich mit Toten abgebe.

So wie ich dich kenne, hast du deinen Freund bestimmt angefasst, schnalzte sie, und tatsächlich hatte sie Recht damit.

Ich hätte eben auf Mutter hören sollen, ohnehin ist es besser, wenn ich mich in das Urteil anderer füge, vor allem in das Urteil Danielles. Sie vermutete, ich wünschte nach den Wochen des Alleinseins etwas Distanz und machte den Vorschlag, ich solle, da ich mich an ein gewisses Maß an Unabhängigkeit gewöhnt habe, im Seegarten ein eigenes Schlafzimmer beziehen. Ich lehnte ab.

Nein, dieses Bedürfnis verspüre ich nicht, antwortete ich. Es sei mir lieber, der alte Zustand würde unverändert wieder hergestellt.

Sie war damit einverstanden, und obwohl sie sich nichts anmerken ließ, glaubte ich ihre Erleichterung darüber erkannt zu haben. Sie fühlte sich verpflichtet, diesen Vorschlag zu machen, was ich zu schätzen wusste, aber es hätte sie bestimmt gekränkt, wenn ich ihn angenommen hätte.

Nur um eines bat ich, sie solle ihre Haare schneiden, und zu meinem Erstaunen, ohne, dass ich ihr die näheren Gründe erklären musste, willigte sie ein und ging am nächsten Tag zum Frisör. Das lange Haar wäre für mich die größte Gefahr gewesen, und auch so ist sie nicht gebannt. Wenn ich an die kommende erste Nacht denke, ist es mir etwas bange, und ich frage mich, wie es sein wird. Danielle hat neulich gestanden, dass sie mich liebe. Ich wusste nicht, was ich erwidern sollte, ich liebe Danielle nicht, aber ich habe begriffen, dass die Liebe keine Rolle spielt.

Deshalb log ich, ich würde sie ebenfalls lieben, und ich war erleichtert, denn Danielle begnügte sich damit und ließ mich den ganzen restlichen Tag in Frieden.

Was auch immer geschehen mag, ich habe mir vorgenommen, mich von nun an in die Ordnung der Dinge zu fügen. Meine Wohnung und die neuen Möbel werde ich verkaufen. Das wird mich ein wenig schmerzen, aber wenn ich mir Mühe gebe, dann wird die Erinnerung daran irgendwann verblassen und der Schmerz vergehen. Ich darf nur nicht daran denken.

Ich habe eine seltsame Entdeckung gemacht. Den Seegarten hielt ich immer für ein großes Haus, früher habe ich oft damit angegeben.

Mir geht es gut, sagte ich bei diesen Gelegenheiten, ich habe das Glück, in einem großen Haus zu leben.

Aber wie ich heute durch die Räume ging, durch den Salon, das Esszimmer, die Küche und das Schlafzimmer, empfand ich das Haus als so eng, als lebten Mäuse darin.

Ich fragte mich, ob die Zimmer in meiner Abwesenheit geschrumpft seien, und als ich in den Garten trat, hatte ich dasselbe Gefühl, das Grundstück schien winzig klein, höchstens wie eine Ziegenweide.

Ich schritt die weiße Mauer ab, welche den Seegarten umhegt, ich wollte prüfen, ob sie an dieselbe Grenze stößt wie früher; vielleicht, so dachte ich, hat sie jemand zurückgeschoben.

Doch ich musste erkennen, dass weder die Zimmer geschrumpft noch die Mauer verschoben worden war. Ich habe mir früher etwas vorgemacht, nun sehe ich den Seegarten, wie er wirklich ist, ein kleines Häuschen, gerade groß genug, um sich zurückzuziehen und zu hoffen, das Leben werde darüber hinwegziehen, so, wie ein Bauer im Sommer hofft, das Gewitter ziehe vorbei, und der schwere Hagel gehe nieder auf ein anderes Feld.

Der Autor dankt den Kantonen Bern und Zürich und der Stadt Bern für die freundliche Unterstützung seiner Arbeit.